MAX SELTMANN

Naeme

AF221401

MAX SELTMANN

Naeme

Ein Lebensschicksal
und die Führungen Gottes
zurzeit der ersten Christen

Roman

1. Auflage 2021
Herausgegeben von Klaus Kardelke
Umschlagfoto: Pixabay

Bibliografische Information der Deutschen Nationalbibliothek
Die Deutsche Nationalbibliothek verzeichnet diese Publikation in
der Deutschen Nationalbibliografie; detaillierte bibliografische
Daten sind im Internet über http://dnb.dnb.de abrufbar.

Herstellung und Verlag: BoD – Books on Demand, Norderstedt
ISBN 978-3-7534-0674-9

Inhaltsverzeichnis

I. Die Zustände in und um Jerusalem nach Jesu Tod

Innerhalb der römischen Besatzung des jüdischen Landes war ein Wechsel vor sich gegangen. Cyrenius und viele betagte Offiziere, die in Jesu Lehre eingeweiht waren und ihre schützende Hand über Seine Anhänger hielten, waren gestorben und die jüngeren von ihnen mit der Zeit abgelöst worden. So ging es in Israel hoch her, denn der Tempel in Jerusalem konnte nun seine Tätigkeit gegen die ihm so verhassten Anhänger des Nazareners entfalten und versuchte auf grausamste Weise Jesu Lehre auszurotten, indem er Jesu Anhänger heimlich überfiel, gefangen nahm und marterte, bis sie schließlich ihren Glauben verleugneten, oder indem er sie einfach umbrachte, einen nach dem anderen. Niemand war seines Lebens mehr sicher.

Nur wenn der Name ‚Bethanien' fiel, da huschte ein Lächeln, ein Leuchten über die Züge der Verfolgten. Ja, Bethanien! Wie ein frohes Aufseufzen sprachen sie es nach. – Bethanien, das Besitztum des Lazarus, war eine Oase des Friedens in der Wüste von Hass, die es für das jüdische Land bedeutete. Dadurch, dass Lazarus römischer Untertan war, blieb Bethanien dem Zugriff des Tempels entzogen.

Lazarus mit seinen beiden Schwestern Maria und Martha, die nun auch schon beide weißes Haar hatten, sowie seine erprobte Dienerschaft, taten alles, was in ihren Kräften stand, um zu lindern und zu helfen. So war es kein Wunder, dass man dort Schutz suchte und dass manch einer nach Bethanien wanderte, um auszuruhen und wieder Frieden zu finden für sein von Unruhe erfülltes Herz.

Eines Abends, noch ehe die Sonne im Westen versank, tritt Maria zu Lazarus und spricht: „Ach, Bruder, sag mir, wie lange noch soll dieser furchtbare Zustand andauern? Eben höre ich, dass wieder zwei unserer Freunde ins Tempelgefängnis geschafft worden sind, die gewiss nicht mehr lebend herauskommen werden. Wie lange noch? Was wird nur, wenn dich die Templer eines Tages überfallen und auch dich und uns mitnehmen? O, ich kann den grauenvollen Hass des Tempels noch immer nicht fassen!"

„Aber Maria", erwidert Lazarus, „hast du denn ganz vergessen, dass alles in der Hand der ewigen Liebe liegt? Wenn du darum nur einen Zweifel in dir aufkommen lässt, schwächst du schon ihre Kraft in dir!"

„Ja, Lazarus, du hast recht, verzeih! Aber noch eines frage ich dich: Wie lange wird es wohl dauern, bis der Herr kommt, um das Werk der Erlösung zu vollenden?"

„Frage nicht nach der Zeit, Maria, frage dich, ob du bereit bist, Ihm den würdigen Empfang zu bereiten! Mit deinen Sorgen und Zweifeln von eben gewiss nicht. Darum lass uns getrost weiter schaffen und den Herrn nicht betrüben. Sei gewiss, Er weiß um die Zeit und die Stunde."

Im Hof wird es laut. Gäste sind angekommen, die nach dem Hausherrn verlangen. Lazarus geht in die Vorhalle und sieht seine Besucher an. Es sind drei Priester aus Jerusalem, - ein hochbetagter Mann in Begleitung von zwei jüngeren. Eli ist sein Name. Lazarus kennt ihn schon lange. Er ist einer von den wenigen noch Lebenden, die die Kreuzigung mit gefördert haben, und kommt des Öfteren nach Bethanien, denn die ihm entgegengebrachte offene und ungeheuchelte Liebe zieht ihn offenbar immer wieder an.

Lazarus geht nun seinen Gästen entgegen, begrüßt sie nach der Sitte der Juden und ladet sie ein, näher zu treten und es sich, Wohlsein zu lassen. Eli ist beklommen, und Lazarus kann leicht merken, dass hinter Elis

Besuch ein besonderer Grund stecken muss.

Als er ihn darum fragt, sagt Eli: „Lazarus, du guter Menschenfreund, die Sorge um dich und die deinen treibt mich zu dir. Wie du weißt, ist der Tempel scharf hinter den Nazarenern her, und so mancher muss seine Tage im Gefängnis in schlechter Gesellschaft zubringen. Auch auf dich hat man ein Auge geworfen. Aber man weiß nicht recht, wie man dich fassen könnte. Die Liebe zu dir treibt mich, dir dies mitzuteilen."

Lazarus lächelt. Er durchschaut schon die Mission des Priesters und spricht: „Eli, du sorgst dich umsonst, denn ohne den Willen des Herrn Jesus könnt ihr mir alle nichts anhaben. Zudem bin ich als römischer Untertan auf meinem Grund allein der Herr und für den Tempel unantastbar. Ich danke dir aber für deine Sorge und deine Liebe. Ich werde hier wieder einige Soldaten auf meine Kosten einquartieren lassen. Bist du damit zufrieden?"

„Mein lieber Lazarus, das bin ich nicht. Erst wenn du zum Tempel zurückkehren wirst, werde ich zufrieden sein. So bin ich auch deshalb hier, um dir dies anzutragen. Man will dir eine hohe Stelle einräumen, wenn du dich von der verblichenen Sekte der Nazarener lösen wirst."

„Mein Freund Eli", erwidert Lazarus, „verschwende dafür keine Worte. Ebenso könntest du dich ja den Nazarenern anschließen und könntest die Liebe und Erbarmung Gottes erfahren. Aber sieh, du schüttelst den Kopf. So nimm wenigstens ein Pergament von mir an, das ich von Johannes, einem Jünger des Herrn Jesus, erhalten habe. Ich habe so viele Abschriften davon anfertigen lassen, dass es mir kein Opfer ist. Wenn du es nimmst, würdest du mir eine riesengroße Freude machen." Eli zögert, aber er verneint.

Lazarus lässt durch einen Diener Speise und Trank auftragen, um seine Gäste zu bewirten. Ihr Gespräch aber bleibt bei den Ereignissen des Tages, bei den Verhaftungen, die der Tempel auf eigene Faust unternimmt. Lazarus erregt sich über die grausame Härte und Ungerechtigkeit dieses Vorgehens. Eli dagegen verteidigt den Tempel und erklärt, dass sich der Tempel seit Jahrhunderten behauptet habe und nicht einmal die Römer gewagt hätten, Hand an ihn zu legen, während sonst alles vergänglich sei.

„Jehova weiß den Tempel zu schützen", sagt Eli.

Da antwortet Lazarus: „Eli, streiten wir uns nicht, sondern bemühe dich, mir zuliebe, das Los der Gefangenen zu erleichtern, und setze dich für ihre Freiheit ein."

„Lazarus, du verlangst Unmögliches von mir! Schwören sie ihrem falschen Glauben ab, geloben sie dem Tempel aufs Neue die Treue, so sind sie frei. Aber das ist ja das Verzweifelnde! Eher lassen sie sich zugrunde richten, als das sie ihr Unrecht einsehen. Komme doch einmal in den Tempel und sprich mit ihnen! Vielleicht rettest du sie? Denn auf dich geben sie viel. Du müsstest sie auffordern, wieder zum Tempel zurückzukehren."

„Eli, du kennst unsere Sache schlecht, wenn du glaubst, du könntest mich zum Verräter meines Herrn machen! Ich soll meine Glaubensgenossen überreden, etwas zu tun, was ich selbst nicht tun würde? Nein, Eli, lieber will ich sterben für die Wahrheit unserer Liebeslehre, als ein Verräter zu werden. Wenn wir Freunde bleiben wollen, dann sprich nicht mehr davon."

„Nun gut", antwortet der Priester, „aber gewarnt bist du. Es würde mir leidtun, wenn du in dieselbe Lage kämest. Siehe wohl haben wir nur begrenzte Macht, aber wer gegen den Tempel verstößt, der verstößt gegen Jehova. Um deinetwillen will ich dir alles Gute wünschen."

Darauf werden nur noch wenige alltägliche Dinge besprochen, und Lazarus ist froh, dass sich die drei nun bald verabschieden.

Wenige Tage später sucht Lazarus in Jerusalem den neuen Stadtkommandanten auf und bietet ihm an, fürderhin 100 Soldaten auf eigene Kosten in Bethanien in Quartier zu nehmen. Die Begegnung verläuft in freundschaftlichem Ton, da der Antrag des Lazarus schon gehegten Wünschen des Befehlshabers entgegenkommt. Besonders freut er sich, in Lazarus einen guten Menschen und römischen Bürger zu erkennen. Aber in Fragen des Tempels und der Christen weicht er aus.

So beziehen in den nächsten Tagen 100 römische Soldaten mit ihren Waffen unter Führung eines jungen Patriziers in Bethanien Quartier. Etliche Reiter sind auch darunter. Das Verhältnis zu der neuen Besatzung gestaltet sich schon bald zu einem recht guten, und das Verhältnis zu dem Unterführer, der, einer namhaften alten Patrizierfamilie entstammt, wird bald zu einer innigen Freundschaft mit Lazarus.

Es dauert auch nicht lange, bis der aufgeweckte Römer sich Einblicke in Jesu Lehre verschafft, die er auch annimmt. Manche schöne Stunden verlebt Lazarus mit seinem neuen Freund und lernt ihn immer mehr schätzen. Er macht auch vor seinen beiden Schwestern keinen Hehl daraus. Julius heißt der Römer. Er ist 25 Jahre alt und ein edler Mensch mit hohen Geistesgaben. Mit zurückhaltender Achtung begegnet er Maria und Martha sowie auch allen anderen zu Bethanien gehörigen Leuten. Über 1000 Arbeiter beschäftigt Lazarus auf seinen Gründen, und darunter ist nicht einer, der sich von Bethanien fortsehnt. Alle sprechen mit Liebe von ihrem Vater Lazarus.

In Jerusalem aber wird die Sache um die Nazarener immer trostloser. Eine ganze Anzahl wird bei einer heimlichen Versammlung überfallen und ein großer Teil gefangen genommen.

An einem Nachmittag geht Maria – wie schon oft – durch das weite Besitztum ihres Bruders. An einem Bach, der an jener Stelle die Grenze von Bethanien bildet, setzt sie sich unter die schattenspendenden Zweige eines Baumes. Im Herzen ist sie mit Jesus verbunden und erlebt wieder die Stärke Seiner sorgenden Liebe, sodass sie alle Nöte vergisst und ihr vor innerem Glück Tränen über die Wangen rollen.

Sie bemerkt nicht, dass ein junges Mädchen an sie herantritt, und sieht erstaunt auf, als das Mädchen fragt, ob es ihr irgendwie helfen könne. Lächelnd dankt Maria, schüttelt den Kopf und spricht: „O meine Tochter, mir fehlt nichts. Im Gegenteil, ich weile bei meinem Schöpfer und fühle Seine herzbeglückende Nähe. Darum weinte ich vor Liebe und Freude! Doch komm, setz dich her zu mir, denn die Sonne steht noch hoch am Himmel. Sag, wer bist du? Ich habe dich noch nie gesehen."

„Ich bin Naeme, die Tochter des Priesters Eli aus Jerusalem, und bin mit einer befreundeten Familie zu ihrem Besitztum gefahren. Heute bin ich spazieren gegangen, und da ich hier fremd bin, so ging ich mir die Ruinen am Bache ansehen. Doch nun bin ich wohl etwas zu weit gegangen. Aber ich hoffe, vor Eintritt der Dunkelheit wieder zurück zu sein. Nun weißt du, wer ich bin und nun möchte ich auch wissen, wer du bist."

„Nenne mich Maria, von Bethanien bin ich, das ist unser Heim. Wenn du magst, lade ich dich mit deinen

Freunden nach Bethanien ein!"

„Ja, Maria, ich möchte gerne annehmen. Aber ich kann nicht über mich verfügen, weil mein Vater wie auch mein Bruder Samuel mir vorschreiben mit wem wir verkehren dürfen. Denn wir sollen und dürfen nicht mit Christen zusammenkommen."

„O weh, Naeme! Ich bin Christin und werde es auch bleiben. Ich wünsche nur, du, dein Bruder und alle die Deinen würden auch Christen werden, denn es ist eine große Seligkeit, welche die genießen, die sich mit Jesus Christus verbunden haben!"

„Nie werde ich eine Christin und kann auch keine werden, da doch euer Glaube auf einem Gekreuzigten beruht, und außerdem war das ein Mensch, der die Einrichtungen des Tempels als teuflisch bezeichnete. Wenn ich meinen Vater so recht betrachte, so sehe ich in ihm einen echten und rechten Gottesdiener."

„Naeme, und ich bin Christin und habe viel, sehr viel erlebt in meinem langen Leben. Ich könnte deine Mutter, ja Großmutter sein. Aber sieh, das allergrößte Erleben war das, als eben Jesus, derselbe Jesus, den du verkennst, am Grabe meines Bruders so Wunderbares tat! – ‚Lazarus, komm heraus!' waren Seine Worte, und mein Bruder, der schon vier Tage tot im Grabe lag und schon Zeichen der Verwesung trug, kam lebendig heraus! Noch vieles könnte ich dir erzählen von Ihm, der uns alle so heiß geliebt hat und auch dich, meine Tochter, liebt, als wärest du Sein Kind!"

„Maria, erzähle mir nichts von Jesus! Lass mich dich aber wiederfinden; wenn ich dich dann bitten werde, dann erzähle mir mehr. Ich möchte doch erst mit meiner Mutter darüber reden. Oder fürchtest du, dass ich dich verrate? Denn wie Vater daheim erzählt hat, wird eifrig Jagd auf Christen gemacht."

„Kind, du kannst mich nicht verraten, denn alle

Welt weiß, dass wir Christen sind und Bethanien ein freier Grund. Also besuche mich in Bethanien, du wirst herzlichst willkommen sein! Doch ehe du gehst, lasse dich segnen. Der Geist der wahren Gottesliebe erfülle dich voll und ganz zu deinem Heile. Komme gut heim!"

Das Mädchen springt zurück über den Bach. Maria schickt ihr Gebetsgedanken nach und geht dann still zu ihrer Behausung zurück.

Jerusalem mit dem Wahrzeichen des Tempels ist in einem Zustand größter Regsamkeit. Wohl gehen römische Streifen durch die Straßen, doch abends getraut sich niemand allein nach draußen, denn in einem jeden Passanten wird ein Christ vermutet. Menschen verschwinden haufenweise. Freilich muss der Tempel bei den meisten einsehen, dass er sich geirrt hat. Dieses Aufregende macht auch den Priestern viel zu schaffen.

In einer der großen Nebenstraßen steht das große Haus des Priesters Eli. Mitternacht ist nahe, aber der Hausherr sowie auch sein Sohn Samuel, ebenfalls ein Priester, sind noch nicht daheim. Die Hausfrau Hanna und ihre Tochter Naeme erwarten mit großer Unruhe die Fernweilenden.

Da erzählt Naeme ihrer Mutter von der Begegnung mit Maria von Bethanien, und mit Schrecken erfährt Naeme, dass ihre Mutter ebenfalls Christin ist.

„Mein Kind! Weil ich dich mehr als mein Leben liebe, so verrate ich es dir! Ich habe Jesus kennen gelernt bei der Heilung eines Aussätzigen. Auch war ich Zeugin, als Er den Sturm auf dem Meere stillte. Die Mutter des Jünglings von Nain, der gestorben war und noch heute lebt, war mir eine mütterliche Freundin. Freilich ist es schon sehr lange her, denn zu der Zeit war ich erst zwölf Jahre alt. Dein Vater und ich sind dahin übereingekommen, nicht von Glaubenssachen zu reden, weil Vater eine Stelle im Tempel als Priester innehat und uns so ernährt. Wenn ich aber an die Vergangenheit denke und an Jesus, den Heiland, da werde ich innerlich stark und froh. Schon längst hätte ich zu dir von Jesus von Nazareth gesprochen, aber um des Friedens und deiner Jugend willen habe ich geschwiegen, wartete und hoffte nur auf einen günstigen Augenblick. –

Nun weißt du soweit alles. Also gebe ich dir auch gerne die Erlaubnis, nach Bethanien zu gehen. Allerdings wird der Vater nichts davon wissen wollen, obgleich mir bekannt ist, dass er oft als Gast in Bethanien weilt. Lazarus, der Besitzer, ist ein feiner Mensch, auch der Allerärmste ist sein Freund, und jeder erhält dort Arbeit und Brot."

Da ertönt der Klopfer. Naeme geht das Tor öffnen. Der Vater und der Bruder kehren heim, und beide reden sehr erregt miteinander. „Samuel, mein Sohn, nimm doch Vernunft an! Blinder Eifer schadet nur! Sag, hast du etwas davon, wenn an jedem Tag Christen dem Gericht überliefert werden? Hast du schon bei mir einen so übertriebenen Eifer gesehen?"

„Ja, Vater, es ist traurig, dass du so lau zusiehst, wie die Sache der Nazarener zunimmt! Da muss mit besonders großer Strenge vorgegangen werden. Wenn es so weitergeht, sind in zehn bis fünfzehn Jahren alle Christen."

Naeme hört erschreckt zu und greift sich betroffen ans Herz. Da hört sie ihren Vater weiterreden: „Samuel, habe ich das um euch verdient, dass du in allen Dingen über deinem Vater stehen willst? Ist das der kindliche Gehorsam, welchen Jehova verlangt? Wenn ich alles recht betrachte, dürfen wir über die Christen, soweit ich sie kenne, nicht klagen, denn es sind Menschen, die mir Achtung abzwingen. Wenn ihr Glaube an den Nazarener ihr alles ist, warum willst du sie dann mit Gewalt zum Tempel zurückbringen? Ich jedenfalls danke für solche Juden und überlasse Jehova das Gericht, denn Er kennt die Seinen und weiß um die Seinen! Wir aber wollen den Herrn samt unserem ganzen Haus dienen!"

„Vater, du bist ja schon ein halber Christ! Es fehlt nur noch, dass Mutter und Naeme zum Christentum übertreten! Aber ich weiß schon, was ich tue!"

Mit diesen Worten verlässt er seinen Vater und geht in sein Zimmer. Der Alte aber ist verstimmt, und schweigend nehmen sie das Nachtmahl ein, zu dem Samuel nicht erscheint.

Naeme wünscht ihren Eltern gute Nacht und legt sich dann zur Ruhe. Aber der Schlaf flieht, und die Nachmittagsszene mit Maria von Bethanien will ihr nicht aus dem Sinn kommen. Sollte hier wirklich ein Geheimnis walten um das Gottesleben? So kreisen ihre Gedanken um den Jesus von Nazareth. Warum schwieg die Mutter immer, und warum duldete sie alles? – Wie hochmütig ist dagegen ihr Bruder! Je mehr sich ihre Gedanken damit beschäftigen, fängt sie förmlich an zu frieren. Sie sehnt sich nach Liebe. Sagte nicht Maria: „Auch dich liebt Er als wärest du sein Kind!"? Da erwacht heiß eine Sehnsucht in ihr, und sie weint ganz hilflos nie gekannte Tränen: „Ja, Jesus! Ich möchte dich kennen lernen!" Damit schläft sie ein.

Frühmorgens erwacht sie in Schweiß gebadet. Ein fürchterlicher Traum raubt ihr die Ruhe. Ihr träumte, wie sie in einer Kutsche mit zwei weißen Pferden zu einer Freundin zu Besuch fährt. Die Sonne meint es gut. Die Pferde laufen allein, so dass sie die Zügel ganz lose in den Händen hält. Da springt, von mehreren Hunden gehetzt, ein Bock über die Straße. Die Pferde scheuen, springen zur Seite, der Wagen schleudert, stürzt um, und sie fliegt in weitem Bogen heraus, mitten unter die Hunde. Diese erschrecken zunächst, aber dann greifen sie Naeme an, die sich mit lautem Geschrei der Hunde erwehren will. Aber je mehr sie schreit und sich wehrt, umso wilder werden die Hunde, und schon hängen ihre Kleider in Fetzen herunter. Da eilt ein junger Mann herbei, der mit seinem Stecken die Hunde vertreibt.

In diesem Augenblick erwacht Naeme und trocknet sich den Schweiß von Gesicht und Brust. „O Gott, welch ein Traum! Was mag er nur bedeuten?" Nun wacht sie bis zum Morgen, denn der Schlaf ist ihr für diese Nacht vergangen.

In Bethanien indessen unterhält sich Lazarus mit seinen Schwestern. Sorgenvoll ist sein Gesicht, und er spricht: „Was soll ich wohl tun? Der ganze Tempel wird zu einem Gefängnis! Eben erhalte ich wieder die Nachricht, dass vier unserer besten Freunde verschwunden sind. Es ist ganz gewiss, dass sie auch gefangen im Tempel sitzen. Das Schlimmste für den Tempel ist, dass keiner seinen Glauben verleugnet."

Erwidert Maria: „Sag, Lazarus, könnte der römische Machthaber nicht einmal ein ernstes Wort reden?"

„Ja, Maria, vergiss aber nicht, dass diese Gefangenen keine Römer, sondern Juden sind. Hätten wir nicht das römische Bürgerrecht, es würde uns nicht zum Besten ergehen. Den Schutz unserer Bewachung habe ich nicht um unsertwillen, sondern unserer Leute wegen, die ja Juden sind. Aber wir wollen doch einmal Julius rufen und ihn in das Tempelgetriebe einweihen."

Lazarus geht hinaus und schickt einen Arbeiter zu dem Römer, der gerade in einem Nebenhaus anwesend ist und sich über die Einladung freut. Er kommt auch sogleich. Lazarus begrüßt ihn und erzählt ihm seine

Sorgen. Er bittet ihn, häufigere Streifen zu unternehmen, damit er laufend unterrichtet sei, sobald wieder ein Mann oder eine Frau verschwinden, damit er sie wieder als sein Eigentum befreien könne. Julius geht auf die Wünsche ein und will wieder gehen. Da hält ihn Lazarus zurück und lädt ihn zum Bleiben ein. Gilt es doch, ihn tief einzuweihen in die Wahrheit der Lehre Jesu!

Wie sie sich so lange Zeit unterhalten, ruft Julius: „Ja, so lebte immer ein Gott der Liebe und Erbarmung in meiner Phantasie! Welch ein Wunder! Dieses Bild wird in mir immer lebendiger. Jesus muss ein herrlicher Mensch gewesen sein! Nur einmal sehen möchte ich Ihn! Nur einmal in Seine Augen schauen und darin lesen!"

„Julius, deine Wünsche gehen am Ziel vorbei, denn in deiner Seele sollst du Ihm immer in die Augen schauen. Sieh, so du irgendetwas an einem Menschen siehst, was nicht recht ist und dir nicht gefällt, so stelle dir das Gegenteil vor, und Jesu Leben tut sich kund und vor dir auf! Angenommen, du siehst einen Menschen, der Sorgen hat, immer mit trüben Augen um sich blickt, sogleich stelle dir einen freien Menschen vor, der ganz sorglos ist, mit zufriedenen, leuchtenden Augen. Siehe, so schaute Jesus, der Meister, uns an, und dann erst die Feinheit, die dazu in Jesus lebte, die lässt sich nicht beschreiben. –

Hätte Jesus nur gelehrt oder Kranke geheilt und Seine Lehren mit Wundern bekräftigt, so wäre seine Lehre vielleicht schon im Untergehen begriffen. Aber wo Jesus lebte und weilte, lebte Er sich in die Herzen hinein und schuf so in den Herzen aller, die Ihn sahen, eine Fülle von Wahrheit, Liebe und Kraft, sodass es gar nicht möglich ist, Ihn wieder zu vergessen. Alle Tage wird Seine Liebe neu, und alle Tage kommen wir dem

Leben näher. Der irdische Kampf ist notwendig, um unsere Seele zu kühlen und zu festen, weil sie so heiß begehrend diese Liebe sucht. So weiß ich Ihn hier, denn Sein Wort: ‚Ich bin alle Tage bei euch‘, ist mir ein Anker und eine Grundfeste und gibt mir Ansporn, alles nur nach Seinem Willen zu tun!"

Es gehen die Tage nun fort in Arbeit und Pflicht. Abends unterhalten sich Martha und Maria, Lazarus und Julius oft noch lange. Aus Julius wird ein Jünger und Eiferer für Jesu Liebe.

II. Naeme wird Christin

Eines Tages kommt Naeme aus Jerusalem zu Besuch nach Bethanien. Ein herzliches Willkommen wird ihr zuteil. Martha und Maria umgeben ihren Gast mit mütterlicher Liebe. Naeme aber, die in ihrem Leben, was Liebe anbetrifft, immer kurz gehalten wurde, fühlt sich wie in einem Paradies. Dadurch, dass sie zu Hause an Strenge gewöhnt und allezeit ohne eigenes Recht erzogen wurde, ist ihre Seele klein geblieben, und da fängt hier in Bethanien ihr Herz an sich zu weiten.

Ob Lazarus mit ihr oder einem Arbeiter spricht, immer geschieht es voll Liebe, Güte und Freundschaft. Kein Wunder, dass ihr Aufenthalt sich immer länger ausdehnt. Im Hause des Lazarus geht alles in Harmonie, Ordnung und größter Freiheit vonstatten. Früh, eine Stunde nach dem Sonnenaufgang, beginnt die Arbeit. Mittags sind zwei Stunden Ruhe, und dann wird geschafft, bis sich die Sonne neigt. Nach dem Abendmahle sitzt die Familie mit den meisten anwesenden Gästen noch lange beisammen. Die häufigsten Gäste sind Maria, die Mutter Jesu, und Johannes. –

Für Naeme ist es ein ganz besonderes Erleben, mit

Mutter Maria zusammen zu sein, zu der ihr Herz sie mehr und mehr hinzieht. Da offenbart sich der Hunger eines recht großen Herzens, und Naeme wird nicht müde, immer neue Fragen zu stellen. Es gehört schon Himmelsgeduld dazu, alle ihre Fragen zu beantworten.

Mit den Männern konnte Naeme nicht frei reden, aber sie bekennt frei: „Jesus könnte ich lieben mit der ganzen Glut meines Herzens, aber meine Liebe wird nicht gesättigt. Ich möchte Ihn sehen, Ihn an mein Herz drücken! Es macht mich immer nur hungriger, wenn ich von Ihm höre! Ach, wenn ich nur an Ihn glauben und nach Seiner Lehre leben könnte, da weicht das Glück in immer größere Ferne. Ja ihr, ihr lieben Freunde, habt Ihn gekannt! Er lebt in eurer Erinnerung. Ihr tröstet euch, dass Er wiederkommt, wann, ist euch zwar unbekannt, aber in mir lebt Er nur als Sehnsucht, lebt Er als etwas, was mich immer sehnsüchtiger statt genügsamer macht! Ich vergehe vor Sehnsucht nach dieser Liebe!"

Da rinnen Tränen über ihre heißen Wangen: „O helft mir doch, ihr lieben, guten Menschen! Jetzt, wo sich mir eine neue Welt auftut, dürft ihr nicht mit mir stehen bleiben und mich, wie einst Moses, das herrliche Ziel von der Ferne sehen lassen! O, gehet weiter mit mir! Denn wenn Jesus lebt und euch jederzeit mit Seiner Liebe umgibt, dann verstehe ich sein Zögern nicht. Wenn ich nach Ihm rufe, so bleibt alles stumm. Wenn ich unter Palmen suche und glaube Ihn zu treffen, da bleibe ich allein. Ich weiß, an dieser Liebe gehe ich zugrunde, wenn Er nicht zu mir kommt!"

Am anderen Tage geht sie mit Lazarus aufs Land und interessiert sich für die Plantagen. Da fragt sie plötzlich: „Sag, lieber Freund, wo soll ich hingehen, um Jesus zu treffen? Denn wenn Er auferstanden ist und unter euch geweilt hat, wäre es nicht mehr Liebe, wenn

Er sich versteckt und verborgen hielte, um von Seinem Versteck aus all euer Tun zu betrachten, und achtgäbe, wie ihr alle, gleich ob hier oder dort, nach Seinen Geboten lebt. Es müsste doch für den Tempel vernichtend sein, wenn Jesus plötzlich hintreten würde und sagen: ‚Höret, ihr Priester und alle, die ihr falschen Göttern dient, Ich bin da und beweise euch, dass Tod und Grab Mir nichts anhaben können. Ich bin da, um euch zu veranlassen, nur Mir zu dienen und alle anderen Opfer zu lassen.‘ Es müsste aus sein mit diesem toten Tempelglauben!"

Lazarus schaut dem Mädchen in die Augen und spricht: „Forsche nicht nach dem, was dir schaden und Enttäuschung bereiten würde, sondern glaube an Seine Liebe und Treue! Glaube an Ihn so, dass deine Liebe von Ihm kein Opfer mehr verlangt, sondern stelle dich so ein, dass du das größte Opfer bringen könntest! Dann wirst du ruhiger werden und lebst dich in den Geist der erbarmenden Jesuliebe hinein. – Denn siehe, was du verlangst, kann dir deshalb nicht werden, weil es deiner Entwicklung in dir störend im Wege stünde. Denn alles, was du von Ihm wünschest, wird nicht von außen, sondern in dir erstehen, wenn du die Reife dazu erlangt hast. Merke dir, mein Kind, hätte dir dein und auch mein Jesus und Gott und Herr nicht so viel gegeben, nie würde eine Sehnsucht dich erfassen können. Dass du dich aber in Liebessehnsucht nach Ihm verzehrest, ist ein Zeichen deiner Ungeduld. Du möchtest mit beiden Händen alles erfassen – aber erst muss dein Herz restlos alles erfasst haben. Dann erst lebst du mit Ihm! Du stellst dir unseren Meister vor, wie Er noch als Mensch unter Menschen lebte! Nun ist Er aber Geistmensch und kann auch nur vom inneren Geistesleben erfasst werden. Dieses Geistesleben verbindet dich mit

Ihm, sowie mit allen Menschen und Kreaturen, zu einer einzigen Gemeinschaft. Wenn du das verstehst, wirst du wieder klarer sehen. Darum gebe ich dir den guten Rat, lasse dein Herz sprechen und versiegele deinen Mund; dann wirst du die Liebe erkennen, die dich sucht!"

Von weitem kommen einige Soldaten mit Julius an der Spitze. Als sie Lazarus erreichen, halten sie. Julius berichtet, dass sich Fremde den Plantagen genähert hätten, um die Arbeiter auszuhorchen und ihnen den Reichtum ihres Herrn und ihre Armut gegenüberzustellen. „Als sie uns Römer näherkommen sahen, wechselten sie das Thema und sprachen über das Anwesen. Aber das eine konnte ich feststellen, dass nämlich die Fremden kein Glück hatten. ‚Wir sind nicht arm‘, antworteten die Arbeiter, ‚wir besitzen die Liebe unseres Brotherrn, und es ist ein Glück für uns, so einen Herrn zu besitzen und ihm zu dienen!‘"

Lazarus dankt Julius, bittet ihn, doch seine Leute weiterzuschicken und ihm und Naeme Gesellschaft zu leisten. Julius tut nichts lieber als das, denn das Mädchen liebt er vom ersten Sehen an. Doch konnte und durfte er sich ihr nicht nähern, da es Ordnung und Sitte verbieten. So ist er Lazarus im Herzen dankbar, kann er so doch sicher etwas von ihr erfahren, denn bis jetzt wusste er nur, dass sie Naeme heiße und die Tochter eines Priesters in Jerusalem sei.

„Julius", spricht Lazarus, „hier haben wir ein Vöglein, das die Flügel noch nicht gebrauchen kann. Es träumt von einem Riesenflug, hat aber noch nicht recht fliegen gelernt. Sage einmal, wie du mit Jesus stehst. Bist du so weit, dass du Ihn ohne Sein Zutun vertreten kannst?"

„Aber gewiss, lieber Freund Lazarus! Das ist ja gar nicht so schwer! Denn wer von Kindheit an erlebt hat, was tote Götter leisten oder, besser gesagt, ihre Priester, und nun diese erhabene Lehre erleben darf, der müsste es eigentlich können. Hier in Bethanien erlebe ich Jesu Liebe vom frühen Morgen bis in die späte Nacht! Nur ein Umstand ist zu erwägen, und das ist der, dass ich erst Ruhe habe, seit ich mich an Jesu Wesen halte und nicht an Seine Person! Und Zufriedenheit erfasst mein Herz erst dann, wenn ich Jesu Liebe und Wesen erschaue. Ich frage mich oft, warum die Menschen so fremd und kalt an ihrem Glück vorbeigehen. Ist es nicht eine herrliche Führung, dass ich dich treffen durfte? Ist es nicht eine Fügung des Himmels, dass Naeme in Bethanien weilt? Ist es nicht eine Fügung, dass gerade in der ernsten Zeit die Kraft des Evangeliums immer offenbarer wird? Hier, wo sich Himmlisches offenbart, wird mein Menschliches stumm, und im Vergleich zu früher wird mir die Gegenwart mit dem Bewusstsein Jesu immer lebendiger und tausendmal lieber als die verlorene Vergangenheit!"

Fragend sind die Augen des Mädchens auf den Römer gerichtet. Erst jetzt sieht sie bewusst seine kraftvolle und schöne Gestalt. Es ist ihr, als wenn ihr Herz ruft: Mit diesem erreichst du das Ziel! So ist sie verwirrt. Ihre Augen wandern zu Lazarus.

„Siehe Naeme", spricht Lazarus, „Julius hat sich durchgerungen; aber noch sind Schlacken der alten Religion zu beseitigen. Doch dies bringt die Zeit mit ihrem Kampf zuwege, während du in dir noch nichts einreißen willst. Du möchtest in dir neben dem Tempel Jehovas noch einen Tempel für Jesus errichten. Doch das geht nicht und kann nicht gehen. Du musst mit allem brechen, was noch trennend zwischen dir und Jesus steht. Wenn du die Wahrheit und Echtheit fühlst und erkennst, so darfst du nicht nur die Ziele schauen wollen, sondern musst den Weg gehen und so lange beschreiten, bis du an das Ziel gelangst. Darum sage ich dir, meine Tochter, es ist für dich nun besser, du kehrst jetzt wieder heim zu deinen Eltern und zu deinem Bruder. Wenn du mit dir im Reinen bist, dann komme wieder nach Bethanien. Ich weiß, dass du wiederkommst, denn unsere Liebe begleitet dich und zieht dich wieder zurück."

Lieber würde Naeme in Bethanien bleiben. Sie sagt es auch dem Lazarus. Aber Lazarus versteht es eben aus der geordneten Jesuliebe heraus, ihr begreiflich zu machen, dass ihre Eltern den Anspruch auf Liebe besitzen. Schließlich lässt sich Naeme überzeugen; es erscheint ihr unglaublich, dass sie schon einen ganzen Monat im Hause des Lazarus zugebracht haben soll. So schnell ist die Zeit vergangen. Julius geht es sehr zu Herzen, dass er Naeme nicht mehr sehen soll. Doch die Hoffnung auf ein Wiedersehen tröstet ihn. So vereinbaren sie, dass Naeme morgen nach Jerusalem zurückkehrt. Lazarus erteilt nun diesbezüglich seine Anweisungen, und Julius erklärt sich bereit, das Mädchen zu begleiten, da er am nächsten Tage ohnehin in Jerusalem zu tun habe.

So kommt der letzte Abend. Wie immer versammeln sich alle, die im Hause weilen. Lazarus hat das Zimmer festlich richten lassen, gilt es doch einen lieben Gast zu ehren.

Der Höhepunkt des Abends ist dann, als ein treuer, alter Arbeiter erzählt, dass auch ihm Jesus erschienen sei.

„Als ich arbeitete", so erzählt er, „mit der Sorge im Herzen, was wohl aus meinem Sohn geworden sei, den der Tempel verfolgt und außer Landes vertrieben hat, da betete ich recht inbrünstig zu Jesus, dem Herrn und Heiland; Er könne mir doch die Last und die Sorge um meinen Sohn aus dem Herzen nehmen. – Da kommt ein junger Mann in der Tracht der Hirten auf mich zu und überbringt mir Grüße von meinem Sohn. Wenn er Grüße sendet, so ist er noch am Leben und bangt um seine Eltern. Ich erfasse stürmisch die zum Gruße erhobene Hand und frage: ‚Wo ist mein Sohn? Wie lebt er? Ist er gesund?'

‚Dein Sohn lebt und freut sich, bei Menschen weilen zu dürfen, die in treuer Hingabe ihrem Meister Jesus dienen. Er ist in Griechenland bei guten Freunden und erarbeitet sich sein Brot. Nur einen Kummer trägt er im Herzen, dass sich seine Eltern um ihn sorgen. Abends wie auch morgens früh erfleht er in inbrünstigem Gebet, es möge Botschaft nach Bethanien gehen, damit ihr Herz ruhig und still werde. So habe ich deinen Sohn gefunden und ihm zu erkennen gegeben, dass ich nach Jerusalem, nach Bethanien, will. Darüber war seine Freude groß.'

Als ich vor großer Freude ganz stumm geworden, vergesse ich ganz, dass der Fremde auch Hunger und Durst haben könnte, denn ich wollte nur von meinem Sohn hören.

Da sagte der Fremde: ‚Ja, lieber alter Freund, weißt du nicht, wenn Gott Gebete erhört, Er sie auch vor allen Dingen ganz erhört? Eigentlich müsstest du dich ja schon begnügen mit der Kunde, dass es deinem Sohn gut geht, und müsstest nun deinem treuen Gott, der dies ermöglichte und das Hüteramt über deinen Sohn wohl ausgeübt hat, Lob und Dank darbringen.'

Da sah ich dem Fremden in die Augen, und auf einmal durchzuckt es mich wie ein Blitz. Ist es möglich, denke ich und frage: ‚Ja, lieber Freund, du hast recht. Du aber wolltest mich durch deine Rede nur prüfen, denn sich recht freuen ist auch danken. Und so freue ich mich, dich auch wiederzusehen! Denn mein Herz sagt mir: Du bist es selbst der meinem Sohn das Geleite gab! Du bist es selbst, auf den wir warten! Du bist es selbst, der seinen Kindern die größte Freude bereitet! Keinen Boten, keinen Engel wolltest Du schicken, nein, Selbst hast Du Dich aufgemacht und bist zu mir sündigem Menschenkinde gekommen, um in übergnädiger Liebe mich zu erfreuen! Herr, gerne würde ich sagen: Kehre bei uns, kehre bei Lazarus und seinen Schwestern ein! Aber dein Wille geschehe!'

,Heil dir, Mein Sohn, weil du Mir in deinem Herzen den Platz bereitet hast, der Mir gehört, so komme Ich nun zu dir und sage dir:

Halte hoch das Banner Meiner Liebe! Zeige du der Welt, dass ich lebe! Und wenn auch die Welt versucht, Mein Leben unter euch zu vernichten, so bringt durch euer Leben den Beweis, dass Ich bei euch bin und euch alle nach eurer Liebe stütze und stärke. Grüße deine Brüder und versichere sie Meiner Liebe!'

Da sank ich vor Freude nieder und erfasste Seine durchbohrten Hände und küsste die Wundmale und weinte vor übergroßer Wonne. Da legte Er Seine beiden Hände auf mein Haupt, segnete mich und sagte: ,Auf das wir Brüder bleiben bis in alle Ewigkeiten!'

Wie ich mich darauf umsah, war niemand mehr bei mir, nur den Strom, der von Seinen Händen ausging, den spüre ich noch jetzt."

Und unter Tränen fährt der Sprecher fort: „Herr Jesus, und wenn man mir das Leben nimmt, so will ich nie aufhören, Dich zu loben und Dir zu danken!"

Naeme ist ganz erschüttert, sieht die Tränen des alten Mannes und fragt Maria, ob dieses Wahrheit sein kann.

„Warum kommt Er nicht auch zu mir?"

„Lass gut sein mein Kind", spricht Maria. „Der Herr weiß um alles, weiß auch, wie es in dir aussieht. Lass dir das Zeugnis genügen. Siehe, wie oft weilte der Herr unter uns und hat uns doch dem Leibe nach verlassen müssen. Jetzt aber dürfen wir im Geiste in Seiner Lebens- und Liebesfülle weilen. Und so lebt Er in uns und wir in Ihm. Freue dich! Er hat dich lieb! Erfasse Ihn liebend in deinem Herzen, dann wird Er sich auch dir offenbaren. Doch lassen wir die Männer reden."

Julius fragt Lazarus, ob er mit dem Alten einige Worte reden könne. Es wird ihm gewährt.

Da fragt Julius den Alten: „Höre, lieber Freund, deine Begegnung mit dem Fremden, den du als den Herrn erkannt hast, gibt mir Bedenken auf. Denn wäre ein Fremder gekommen, so müsste er von meinen Leuten gesehen worden sein. Mir wurde aber nichts gemeldet! Andererseits hast du doch Jesus von Nazareth als Menschen und Mann gekannt! Sag, warum hast du Ihn nicht schon von weitem wiedererkannt? Hat Er ein anderes Aussehen gehabt? Mir steigen Zweifel auf, und ich habe keine Ruhe, bis ich volle Klarheit habe."

„Lieber junger Herr und auch Freund, berechtigt sind deine Fragen, doch nicht deine Zweifel. Wenn du den Vorgang dieser Begegnung nicht glauben kannst, so denke doch, dass mein Alter 70 Jahre beträgt; ich habe schon so manches erlebt, aber dies Geschehen ist das größte Wunder meines Lebens. Alles Leid, aller Kummer und alle Sorgen sind ausgelöscht. Die Worte des Herrn bei Seinem Abschied damals in Bethanien lauteten: ‚Mein Friede sei und bleibe euch allen!' Und dieser Frieden geht nur aus von Ihm, der da ein Vater ist und unser Vater bleiben wird bis in alle Ewigkeit! Du aber prüfe dein Herz, ob es wohl Feinden Jesu die Befähigung, Frieden zu spenden, einräumt oder nicht!"

Julius kann kein Wort erwidern. Er sinnt vor sich hin. Dann spricht er: „O könnt ich nur einmal Jesus begegnen! Könnte auch mein Herz so friedvoll werden, wie wollte ich Dir, Herr Jesu, danken!"

Wie es dann Zeit ist, schlafen zu gehen, erteilt Lazarus den Segen, und alle gehen zur Ruhe. Naeme aber findet keinen Schlaf; sie weiß, sie steht vor großen Aufgaben! Frühmorgens, nachdem das Frühmahl eingenommen ist, dankt sie nochmals ihren Gastgebern und bittet um treues Gedenken und herzliche Fürbitte und macht sich dann, begleitet von dem Römer und einigen Soldaten, auf nach Jerusalem. Julius bittet herzlich um ein Wiedersehen und Naeme verspricht, wieder nach Bethanien zu kommen. Aber noch weiß sie nicht, wie sich die Zukunft gestalten wird, da sie sich als Christin bekennen möchte. Leicht wird ihr der Abschied von dem Römer nicht, doch gestärkt durch ihren Willen zum Jesusglauben geht sie getrost in ihr Vaterhaus.

III. Naeme zeugt für Jesus

Die Mutter ist außer sich vor Freude, ihre Naeme wieder bei sich zu haben. Vater und Bruder sind im Tempel, und so hat das Fragen und das Erzählen kein Ende. Aber die raue Wirklichkeit mahnt an ihre Pflichten, und der Tag vergeht. Indessen gesteht die Mutter, dass Vater und Bruder falsch unterrichtet sind und sie bei Verwandten wähnen. „Also, liebe Naeme, sei vorsichtig und verrate nichts."

Naeme aber entgegnet: „O Mutter, was hast du getan? Ich werde nichts verheimlichen! Vater wird mich verstehen und meinem Glück nicht entgegenstehen. O Mutter, warum bist du nicht so glücklich wie die anderen? Warum scheuest du dich, Jesus zu bekennen? Ist es denn gar so schwer? Du wirst sehen, deine Naeme fürchtet sich nicht mehr. Nicht ruhen und rasten werde ich, bis Vater und Samuel Jesus auch erkennen und Ihm die Ehre geben!"

„Naeme, halt ein! Rede kein Wort! Vater, ja, der würde bestimmt verzeihen, aber Samuel nicht. O bringe nicht Sorgen und Unfrieden in unser Heim."

„Ach, Mutter, mit Jesus ist es nicht möglich Sorge und Unfrieden ins Haus zu tragen! Nein! Solange ich weiß, ist trotz unseres Reichtums allezeit Sorge und Unfrieden im Hause gewesen, und von Liebe und Duldsamkeit weiß ich erst, seit ich in Bethanien war. Wenn es dort durch Jesu Liebe und Kraft möglich ist, ein Leben in Glück und Harmonie zu führen, ist es mir nicht klar, warum es hier bei uns nicht sein könnte. Möge sich Samuel überzeugen von dem Geist, der in Bethanien herrscht; da muss sich der Tempel hundertmal verstecken. Mutter, ich habe gesehen und erlebt bei Menschen in Bethanien, dass dort kein Hehl aus Jesus gemacht wird. Ein junger Römer, aus altem Geschlecht, lebt mit Soldaten in Bethanien als Schutzwache, und dieser ist ebenfalls Christ geworden. Er möchte uns besuchen. Ich habe aber gebeten, davon abzusehen, da ich noch nicht klar sehen konnte. Jedenfalls möchte ich ihn wiedersehen, denn er ist mir nicht gleichgültig."

Die beiden Männer kommen nun heim. Sie sind hungrig, so ist beim Mahl alles ruhig. Aber nach dem Essen soll nun Naeme von ihren Eindrücken und dem Leben der Verwandten erzählen.

„Nicht einmal Bescheid hast du uns gegeben, aber das sind wir ja von dir gewöhnt."

„Vater", spricht Naeme, „dass es mir gut ging, müsst ihr mir ja ansehen. Zudem habe ich euch ja nicht gefehlt. Ich war aber nicht bei unseren Verwandten, sondern in Bethanien bei Maria und Martha, des Lazarus Schwestern, und habe dort ein Leben geführt, wie es im Tempel keines gibt. Ich bin auch zu neuem Besuch wieder eingeladen, aber ich darf nur kommen, wenn ich eure Einwilligung habe. Zu gerne möchte ich wieder dorthin, bitte gestattet es mir."

Da ruft Eli entsetzt: „Du warst in Bethanien? Bei meinem Freund Lazarus? Und das erfahre ich erst jetzt, wo du zurückkommst? Hätte ich das nur geahnt, am nächsten Tage hätte ich dich wieder zurückgeholt in dein Elternhaus! Und wenn Lazarus mit seinen Schwestern tausendmal gut sein mögen und anderen Menschen auch viel Gutes erweisen, so ist er doch dem Tempel untreu geworden, und darum wird Jehova ihn richten."

„Vater, nimm dieses Wort zurück! Du beweist mir, dass du Jehova nicht kennst. Ich habe umgelernt, seit ich die Güte und Liebe der Menschen in Bethanien erfahren habe. Welch ein Unterschied zwischen hier und dort! Anstatt dass ihr euch freut, euer Kind glücklich zu sehen, wollt ihr mir alle Freude und allen Frieden rauben! Ich weiß nun meinen Weg, ob er eure Zusage findet oder nicht – es ist der Weg der Liebe!

Du aber, Samuel, sieh mich nicht so finster an! Du bist ja voller Zorn! Ich bin kein kleines Kind mehr, das nach deinem Begehr tanzt. Ich bin ein Kind der großen Gottesliebe, die hier im Erdendasein das Beste will.

Guter Vater und du, Mutter, was blickt ihr so entsetzt? War denn Jesus, der vermeintliche Verbrecher, so groß, dass ihr schon bei Nennung Seines Namens in Erregung geratet? In Bethanien hat der Name Jesus Freude und Wonne ausgelöst. Wie oft aber fiel der Name ‚Jehova' von euren Lippen, und doch blieben eure Herzen unverändert verbittert gegen die Nazarener. In Bethanien gedenkt man in Fürbitte des Tempels und seiner Diener."

„Schweig!", brüllt Samuel seine Schwester an. „Sonst vergesse ich mich! Noch leben wir und bestimmen dein Tun; und dafür, dass du nicht mehr nach

Bethanien kommst, wird der Tempel sorgen. Diese Schande, Vater! Ich verlange von dir, dass gegen Naeme andere Maßregeln ergriffen werden und dass du dir bewusst wirst, welche Schlange wir im Hause nährten. Der Hohepriester wird schöne Augen machen."

„Samuel, sei still und ereifere dich nicht so sehr und vergiss nicht, dass Naeme deine Schwester ist. Noch ist sie bei uns, so ist noch Zeit! Unsere Aufgabe ist es, sie zu überzeugen, dass sie irrt und falsche Wege geht."

Da antwortet Naeme: „Vater, gerne lasse ich mich überzeugen, doch in diesem Tone liegt keine Überzeugungskraft. Was ihr bezeugt, ist Hass! Samuel, gehe einmal nach Bethanien und lerne dort von dem geringsten Arbeiter Liebe und Gottesart! Aber du kannst solche Menschen nicht verstehen, weil du sie nicht verstehen willst! Da wird kein Vorbild leuchten! Denn dich treibt allein der Ehrgeiz, der über Leichen geht und der sich schon als Hohepriester sieht. Wohl sprach Vater das Wort: ‚Jehova wird ihn richten!' Ich aber sage dir und auch dir, Vater: Ihr seid schon gerichtet, denn ihr wisst nicht, was Liebe und Frieden ist, noch was dazu gehört, Liebe und Frieden zu zeugen! Hätten nur Lazarus oder seine Schwestern Lieblosigkeit oder Unfrieden gezeigt, so hätte ich glauben können, dass ihr Leben gekünstelt sei. Aber dort herrscht ein reines Leben natürlicher Liebe, und das ist offenbar das Werk des Heilandes Jesus!"

Samuel verlässt wütend das Zimmer. Mutter Hanna sitzt voll Angst am Tisch und weint leise. Eli aber weiß nicht, was er sagen soll. Er möchte seiner Tochter nicht wehtun und fühlt eine große Schuld. Die Tochter wurde zu kurz gehalten.

Naeme geht zu ihrem Vater, setzt sich auf seinen Schoß und umschlingt mit ihren Armen seinen Hals, lehnt ihren Kopf an seine Brust und spricht: „Vater, lieber Vater, verlasse den Tempel! Denn er ist es, der dich gefangen hält. Nur dein Amt ist es, welches dich nicht ergreifen lässt dies große Geistesleben. Vater, dein Kind bittet dich, verlasse diese Stätte der Härte und lass mich meinen Weg gehen! Der geht dorthin, wo auch ihr, du und Mutter, glücklich werdet! Herr Jesus, hilf du mit deiner großen Liebesgnade und lass deinen Geist der Liebe und Erbarmung einziehen in unser ach so friedloses Haus."

Da steht Eli auf und spricht: „Naeme, ich, dein Vater verlange Gehorsam. Ich verlange, dass du nimmer von Jesus sprichst. Versuche nicht gegen meinen Willen zu handeln, es könnte dich einstens gereuen."

„Vater, dies kann nicht dein Ernst sein. Gott will, dass allen geholfen werde! Das Blut der Böcke hat sich als nutzlos erwiesen, während das Blut Jesu einen Geist reifen lässt, der himmelhoch über eurem Tempel steht. Vater, ich bin entbrannt in diesem Geistfeuer und möchte helfen, helfen, helfen."

„Lass gut sein mein Kind, gehe in dein Zimmer und lass mich mit deiner Mutter allein."

Gehorsam folgt Naeme, wünscht beiden herzlichst eine gute Nacht und geht in ihr Zimmer. Wie sie nun allein ist, erdrückt sie fast ein wilder Schmerz, weil Vater und Bruder sie nicht verstehen wollen. Lange liegt sie auf den Knien und betet, bis sie endlich Ruhe findet. Dann legt sie sich nieder.

Wieder hat sie einen seltsamen Traum. Am Morgen muss sie sich erst darauf besinnen, dass sie sich im Elternhause befindet. Ihr träumte: Sie war Braut und hatte ein prachtvolles Brautkleid an, und es war mit Myrten geschmückt. Unten vor dem Hause stand ein Wagen mit vier weißen Pferden und wartete auf ihr Kommen. Der Bräutigam aber fehlte, und doch sollte

Hochzeit sein. Sie alle warteten, aber der Bräutigam blieb aus. Da kam ein Bote und brachte Nachricht, dass Naeme mit ihrer Mutter in das Schloss kommen solle. Vater und Samuel aber sollten in den Tempel gehen, wo die Trauung stattfinden würde. Nach kurzer Besprechung entschlossen sie sich dazu. Doch als Naeme durch die Türe ging, blieb ihr langes Kleid hängen, weil Samuel in diesem Augenblick die Tür zumachte. Da fiel sie hin, im Brautkleid war ein langer Riss. Voll Schrecken bemerkte sie dieses und weinte laut. In kurzer Zeit war der Schaden wieder behoben. So begaben sie sich in den Wagen, vor dem die Pferde schon ungeduldig stampften, und fort ging es. Als in scharfem Trab das Ziel fast erreicht war, kam des Weges eine alte Frau mit einer schweren Last auf dem Rücken daher. Sie hob ihren Krückstock vor den Wagen, so dass die Pferde scheuten und nun in schärfstem Trab die Straße dahinsausten. Laut schreiend hielt sich Naeme an ihrer Mutter fest. Der Kutscher aber hielt die Zügel fest in seinen Händen. Nach und nach wurden die Pferde wieder ruhiger. Schließlich gelangten sie unversehrt im Schlosse an. Diener kamen und halfen aussteigen. Wie aber war Naeme erstaunt, als sie in dem Kutscher ihren Bräutigam erkannte! Da eilte sie an seine Brust und er führte sie in sein Schloss.

Nun erwachte sie. Aber sie bemühte sich wieder einzuschlafen, um noch mehr zu träumen. Doch sie ist hellwach und denkt nach, wer wohl der Bräutigam war. Die Züge des edlen Julius trug er nicht. Da überkommt sie wieder die Sehnsucht nach den Lieben in Bethanien, vor allem nach Julius. Sie steht auf und geht, da im Hause noch alles ruhig ist, in den Garten. Das erfrischt sie, und ihr ist, als hängen die beiden gehabten Träume mit Jesus zusammen. Nun fällt ihr auf, und sie erinnert sich deutlich, dass der junge Mann, der die

Hunde mit dem Stecken fortgetrieben hatte und der Bräutigam als Kutscher eine und dieselbe Person gewesen waren. „Sollte Jesus mir im Traume erschienen sein?" so fragt sie sich, aber sie findet im Herzen keine Antwort.

Als sie nun so vor sich hinsinnt, kommt ihr ihr Vater entgegen. Sie wundern sich beide, dass sie sich hier im Garten treffen.

„Ich konnte nicht mehr schlafen", erklärt Eli seiner Tochter, nachdem er sie begrüßt hatte, „und habe einen schlechten Traum gehabt, darum suche ich mich in dieser Morgenluft zu erholen." –

„Darf ich deinen Traum wissen, lieber Vater? Auch ich habe geträumt. Es war schön und beseligend, dass ich wünschte, der Traum wäre Wirklichkeit oder er wäre weiter gegangen. Doch, lieber Vater erzähle mir deinen, dann erzähle ich dir meinen. Komm, setzen wir uns in die Laube."

Mit wenigen Schritten sind sie dort, und nun beginnt Eli zu erzählen: „Als du gestern Abend zu Bett gegangen warst, habe ich noch lange mit deiner Mutter gesprochen und bin mit ihr übereingekommen, dich frei gehen zu lassen in deinem Beginnen und in deinem Glauben. In Kürze will auch ich Lazarus in Bethanien besuchen und will an meiner Entlassung im Tempel arbeiten und vielleicht von Jerusalem fortgehen. Ich will aber nichts überstürzen. Mag Samuel dieses Haus übernehmen. Er wird sich sowieso bald verheiraten. Alles soll geregelt werden, dass du, wie auch deine Mutter, zufrieden sein sollt. Du hast recht gehabt gestern Abend, bei uns war noch nie der rechte Frieden.

Nachdem wir lange zu Jehova um Rat und Aufschluss in diesen Sachen gebetet hatten, gingen wir zu Bett. Ich mochte vielleicht zwei Stunden geschlafen haben, da ruft eine Stimme: ‚Eli, Eli was humpelst du auf drei Krücken umher? Nimm den rechten Stab in die Hand, und du wirst gehen können!' Ich sehe mich um, kann aber niemanden sehen, und ich befand mich an einem mir fremden Ort. Es wollte Abend werden, und ich hatte noch einen weiten Weg vor mir. Ich raffte mich auf und wanderte weiter, mich aber immer und immer wieder umsehend. Zu allem Unglück zog ein schweres Gewitter auf, und weit und breit war weder Haus noch Unterkunft. Aber unweit war ein Gehölz, und nach diesem lenkte ich meine Schritte. Ein Unwetter brach herein. Immer tiefer drang ich in das fremde Gehölz, um Schutz vor dem Unwetter zu suchen. Aber es nützte mir nicht viel. Blitz auf Blitz, Donner um Donner machten mich immer furchtsamer, und die Wassermassen hatten mich völlig durchnässt und den Boden zu einem Schlammtümpel gemacht. Endlich ließ das Unwetter nach, dafür aber kam die Nacht. Ich wusste keinen Ausweg; da endlich graute der Morgen. Mit dem Tagwerden sah ich aber auch das Unheil, welches das Gewitter gebracht hatte. Bäume hatte der Sturm entwurzelt, starke Zweige waren abgebrochen und schwächere Bäume geknickt.

Ich wusste nicht, wie ich auf die Straße kommen sollte, denn um mich sah es aus wie in einem Urwald. Als ich mir einen Ausweg suchte, kam ein ganzes Rudel Wölfe auf mich zu. Ich griff nach einem abgebrochenen Ast und wehrte mich, so gut ich konnte, aber mit wenig Erfolg. Ein Wolf war der gefährlichste, und denke dir, Naeme, dieser trug das Gesicht deines Bruders Samuel. Endlich hatte ich mich der Bestie erwehrt. Langsam drang ich durch das unheilvolle Gehölz. Da war wieder ein anderes Hindernis, denn ein paar Bäume lagen entwurzelt, die Zweige hatten sich ineinander verfangen. Ich konnte aber auch nicht diesem Gewirr von Ästen und Zweigen ausweichen, da links und rechts ein richtiger See war.

Wie ich mir einen Weg durch das Gewirr von Ästen suchen will, sehe ich noch zur rechten Zeit, wie eine große Schlange mit schillernden Augen sich auf mich schwingen will. Mit dem Ast, den ich noch in den Händen habe, schlage ich nach dem Kopf der Schlange – und denke dir, diese Schlange trägt auch das Gesicht des Samuel! – Ich schlage zu, treffe nicht, aber sie weicht zurück und ergreift die Flucht. Ich kann ihr nicht nacheilen des Gewirrs wegen. Mühsam bahne ich mit Händen und Füßen einen Weg, und wie ich die Straße vor mir sehe, erwache ich schweißgebadet aus diesem schweren Traum. Aber alles tut an und in meinem Leibe weh, und ohne die Mutter zu wecken, bin ich leise in den Garten gegangen."

„Vater", erwidert Naeme, „Samuel plant Schlechtes! Wollen wir nicht die Mutter wecken und Samuel hindern, Schlechtes zu tun? Auch mir träumte in Bethanien von einem Unheil, und der Unheilvolle trug auch die Gesichtszüge Samuels. In dieser Nacht hatte ich einen schönen Traum, ich feierte Hochzeit und du und Mutter wart auch glücklich. Nur Samuel hatte durch eine Unvorsichtigkeit mein Brautkleid zerrissen!"

„Samuel?" fragt Eli, „Kind, das bedeutet nichts Gutes!"

„Vater, ich konnte doch in die Arme des Bräutigams eilen. Nur kannte ich den Bräutigam nicht, ahne aber, dass es Jesus sein könnte, da er als Schützer sich später als Bräutigam entpuppte. Aber nun komm, Vater, wir wollen nichts unversucht lassen, um alles in die rechte Ordnung zu bringen."

Der Aufenthalt im Garten hatte doch länger gedauert, denn Mutter ist schon tätig um das Frühmahl. Samuel war aber schon in den Tempel gegangen, ohne das Frühmahl einzunehmen. Hanna war recht besorgt um Naeme und Eli. Doch als die beiden ihr für den Tag alles Gute wünschen, zieht auch Ruhe ein in ihr aufgewühltes Gemüt. So vergeht der Vormittag.

Nahe am Mittag kommen zwei Priester, alte gute Freunde des Hauses Eli, und wollen Eli zu einer Versammlung des Rates holen.

Eli spricht: „Heute werde ich nicht teilnehmen, da ich schon im Voraus weiß, um was es sich handelt: um meine Tochter Naeme! Ich werde um meinen Abschied ersuchen! Samuel und ich gehen nicht mehr miteinander, sondern auseinander. Wenn Naeme Zeit gelassen wird, wird sich alles zu ihrem und unserem Heil wenden! Darum bitte ich euch, entschuldigt mein Fernbleiben heute. Ich muss selbst mit mir ins Reine und Klare kommen."

Spricht der alte Jeremias: „Eli, Eli, deine Worte klingen, als wenn wir dich verlieren! Hast du dir alle Folgen überlegt, die ein Treuebruch deinerseits dir bringen kann? Als alter Freund brauche ich dich wohl nicht erst zu warnen! Ich kann daher dein Zögern nicht verstehen und bitte dich daher, folge uns in den Tempel."

„Heute nicht, Jeremias, morgen stehe ich euch allen zur Verfügung. Ja, ich bitte dich, den Hohepriester zu veranlassen, dass morgen der Rat auch noch tagen soll."

Jeremias sah Naeme an und sagte zu ihr: „Kind, bedrückt es dein Herz nicht, so du deine alten Eltern in neue Sorgen und Kümmernisse stürzen willst? Nimm dir Samuel zum Vorbild, wie er bedacht ist, dem Hause Eli Freude und Ehre zu machen!"

Naeme sieht Jeremias fest an und spricht: „Jeremias, immer warst du uns Freund. Solange ich nichts anderes erlebte, war mir alles richtig, was Vater, Samuel und auch du sagten, nie gab ich Grund zur Klage.

Nie hätte ich geglaubt, dass es etwas anderes geben könnte, als das, was ich im Hause und im Tempel lernte und erlebte. Aber nun bin ich eben durch besondere Umstände mit anderen Menschen zusammengekommen, die ich nicht suchte. Durch die Führung Gottes bin ich geleitet worden und erlebte da einen Geist, der eben das Gegenteil von dem Geist ist, den ihr vertretet. Ich habe ein solches Glück erlebt, dass es mir Bedürfnis ist, davon zu reden und anderen zu diesem Glück zu verhelfen. Kann daran etwas Schlechtes sein?"

„Das zu beurteilen ist nicht meine, sondern des Tempels Sache!" erwidert Jeremias. „Darum bitte ich dich, Naeme, überlasse die Sorge um dein Glück uns Älteren, und du wirst zufrieden sein."

Naeme schwieg. Noch etwas zu sagen wäre Verschwendung gewesen. Sie gab Jeremias die Hand und sagte: „Ich danke dir für deine wohlmeinenden Worte, aber ins Herz dringen sie doch nicht."

Eli ist froh, als die beiden Kollegen wieder gegangen sind. Zu Hanna sagt er: „Ich wollte, der morgige Tag wäre vorüber, denn ich fühle das drohende Unwetter, das Samuel heraufbeschwört."

Spricht Naeme: „Vater und Mutter, warum bis morgen warten? Lassen wir alles hier und gehen nach Bethanien! Auch von Bethanien aus kannst du deine Angelegenheiten mit dem Tempel ordnen, denn der Tempel wird dich nie und nimmer freigeben. – Was sagte Jeremias? Ein Treuebruch wäre es und würde für dich bittere Folgen haben. O, ihr beiden geliebten Menschen, überleget nicht, sondern kommt! Dort erwartet uns Friede und Freude, hier Kummer und Leid! Mutter, lasse dich nicht so lange bitten! Vater, es geht um alles, um Zeitliches und Ewiges!"

„Naeme", spricht Eli, „ich werde trotzdem kein Verräter werden. Man kennt mich und mein ganzes Leben, und mit Jehovas Hilfe wird es mir gelingen, alles ins Reine zu bringen."

„Vater, als dein Kind lehrtest du mich, nicht zu widersprechen. Aber diesmal sagt dir deine Naeme, dass du völlig auf verkehrtem Wege wandelst. Nie wird dich der Tempel freigeben. Nie wirst du auf Verstehen rechnen können, und nie wird auch deine Naeme die Liebe aus dem Herzen herausreißen können, die sie zu Jesus, dem Heiland, empfindet."

Eli sieht hilflos die beiden an und spricht: „Ordnet alles, so dass wir morgen in der Frühe das Haus verlassen können. Ich kann nicht Hals über Kopf davonlaufen. Darum lasset mich allein. Ich will alles so regeln, dass ihr zufrieden sein könnt."

Samuel war schon ganz in der Frühe beim Hohepriester. Er schont weder Vater noch Schwester. Der Hohepriester ist vorerst nicht geneigt, auf die Anklage des Samuel einzugehen. Er kannte ja seinen Priester Eli. Samuel aber behauptet mit Bestimmtheit, dass sein Vater wankelmütig sei, und Naeme freie Hand lasse, und fordert, dass eine Ratssitzung einberufen werde, wo sein Vater Eli nicht fehlen dürfe. Der Hohepriester geht darauf ein, und Jeremias, Elis Freund, hat den Auftrag, Eli zu laden.

Erbost ist der Hohepriester als Jeremias zu ihm sagt: „Rechnet nicht mehr auf Eli. Naeme hat ihrem Vater beweisen können, dass im Hause Jehovas nicht alles nach Gottes Willen geschieht. Eli lässt für morgen um eine Ratssitzung bitten; er wird um seinen Abschied ersuchen."

Der Hohepriester ist bedenklich, er fragt: „Wie fandest du Eli und dessen Tochter? Du als Freund des Hauses bist doch mit ihnen vertraut. Was sagte sein Weib?"

Erwidert Jeremias: „Hoherpriester, was soll ich sagen? Elis Weib war schweigsam, Eli ablehnend, und Naeme kannte ich nicht mehr wieder. Das haben die Nazarener aus ihr gemacht."

Der Hohepriester fragt nochmals Samuel: „Hat dein Vater eine Schuld? Wie konnte es geschehen, dass Naeme mit Nazarenern zusammenkam?"

Spricht Samuel: „Meinen Vater oder die Mutter trifft nicht die kleinste Schuld. Naeme gab an, Verwandte zu besuchen, und hat es auch getan, muss aber dabei mit Lazarus' Schwester in Berührung gekommen sein. In Bethanien hat sich das Unglück vollzogen. Nur dieses konnte ich nicht von meinem Vater verstehen, dass er Naeme in seinen Schutz nahm. Und dieses dulde ich nicht und kann es nicht dulden. So bin ich hier."

„Gut", spricht der Hohepriester, „halten wir morgen eine große Ratssitzung ab. Aber heute noch muss sich deine Schwester hier im Tempel einfinden. Kommt sie freiwillig, kann sie sofort wieder in ihr Elternhaus zurückkehren. Muss sie aber geholt werden, muss Strenge walten! Doch keine Gewalt ist mein Rat an dich, Samuel."

So kommt es, dass Samuel als der liebenswürdigste Bruder und Sohn an Naeme das Ersuchen stellt, sich beim Hohen Rat im Tempel zu verantworten, aber heute noch.

Naeme sagt: „Samuel, wenn ich gesündigt hätte, so wäre ein Grund vorhanden, mich zu verantworten, und wenn deine Art der Einladung einer Einladung deiner Liebe als Bruder entsprungen wäre, so würde ich ohne Säumen in den Tempel gehen. Aber nun nicht mehr. Denn nur du bist es, der mit mir Schlechtes im Sinne hat, weil ich dich bat, nach Bethanien zu gehen und das rechte Gottesleben dort zu erleben. O Samuel, wo bleibt deine Kindesliebe den Eltern gegenüber? Wo bleibt das vorbildliche Leben als Diener Jehovas? Ich gebe dir den guten Rat, kehre um und werde ein rechter Sohn und Bruder, und wir werden dich mit Liebe überschütten, wie es wenigen beschieden ist."

„Schweig, du Heuchlerin!" sagt Samuel gepresst. „Ich weiß meinen Weg. Aber glaube nicht, dass ich Rücksicht auf dich nehme, weil du meine Schwester bist. Ich kenne dich nicht mehr!"

Eli wies seinen Sohn mit ruhigen Worten in die Schranken, aber das verbitterte ihn noch mehr.

„Morgen im Hohen Rat werde ich dir die rechte Antwort geben." Mit diesen Worten ging er und verließ wieder das Haus.

IV. Naeme wird von den Templern entführt

Eli arbeitet in seinem Zimmer ohne Unterbrechung. Naeme bleibt bei ihrer Mutter. Aber als es dunkel wird, wird diese aus dem Hause zu einer Freundin gerufen, welche sie dringend benötige. Naeme bittet ihre Mutter nicht zu gehen.

„Schicke eine Nachricht, dass du Vater nicht allein lassen kannst oder du seiest nicht imstande zu gehen. Bitte, Mutter, es soll doch der letzte Abend sein, auf längere Zeit werden wir fortgehen."

„Eben, Naeme, weil wir morgen weggehen, muss ich diese Bitte erfüllen. Ich werde nur ganz kurze Zeit bleiben und Abschied nehmen. Denn das wirst du auch nicht wollen, dass ich den letzten Liebesdienst abschlage. Aber, Naeme, du könntest mitkommen. Vater arbeitet gewiss noch die halbe Nacht, und ehe er fertig ist, sind wir schon längst wieder zurück. Ich werde Vater nochverständigen."

Eli gibt seine Zustimmung. „Ich bin noch lange nicht fertig. Ihr könnt ruhig euren Besuch etwas ausdehnen."

Ahnungslos gehen die beiden. Als sie aber durch eine schmale, dunkle Gasse gehen, erhält Hanna einen Stoß, dass sie auf die Seite fliegt, und ehe Naeme sich versieht, ist ihr ein dunkler Sack über den Kopf gestülpt, sodass sie sich nicht wehren kann. Ganz rasch hilft ein Mann Hanna auf die Füße, und zwei Männer packen die im Sack widerstrebende und schreiende Naeme und eilen rasch von dannen. In einem offenen Haus verschwinden die beiden Männer mit dem Bündel. –

Es ging alles so rasch, dass Hanna nicht wusste, was mit Naeme geschehen war. Der Mann, der Hanna hilfreich war, war einer der Komplizen und tat, als wolle er ihr helfen. Aber im Gegenteil äußerte sich seine Hilfe, denn dadurch verlor Hanna Naeme aus den Augen. Es war dunkel. Kein Mensch war weiter zu sehen, und eine Ohnmacht kam sie an. Sie überwand die Schwäche und eilte zurück in ihr Heim, wo sie mit überstürzenden Worten und heftigem Weinen Eli von diesem Unglück erzählte.

„Mein Traum geht in Erfüllung", sagte er zu Hanna. „Es ist zwecklos, heute etwas zu unternehmen. Dieses ist Samuels Werk! Morgen werde ich im Tempel die ganze Wahrheit erfahren und hoffentlich auch Naeme wieder zurückbringen. Wenn ich bis jetzt schwankend war betreffs unserer Zukunft, so sage ich dir, Hanna, mein Weib, diese Tat hat mir die Augen geöffnet und der Tempel kann etwas hören."

Diese Nacht wollte und wollte nicht vergehen. Hanna lag im Fieber, immer schrie sie nach Naeme. Eli wusste nicht, was er alles anwenden solle. Kein Mittel schlug an, bis endlich der Tag anbrach und Hanna kurzen Schlummer brachte. Ohne einen Bissen genossen zu haben, schleppte er sich in den Tempel, wo man ihn schon erwartete.

Als die beiden Männer in einem Gelass verschwunden waren, befreiten sie Naeme von dem Sack und sagten, dass sie nicht mehr schreien solle, denn dadurch verschlimmere sie ihren Zustand. „Auf Nazarener wird keine Rücksicht genommen! Wir bringen dich in den Tempel, in den du nicht freiwillig gehen wolltest. Es liegt nun an dir, ob wir dich mit Zwang oder ohne Zwang in den Tempel bringen sollen. Damit du aber das Ansehen des Tempels nicht schädigen kannst, benützen wir einen Wagen. Bei dem geringsten Schrei bekommst du einen Knebel in den Mund, also richte dich danach."

Sie sah ihre Ohnmacht ein und schwieg. Ihre Gedanken kreisten um Lazarus und Julius. Sie wusste, diese beiden würden nicht ruhen, bis sie wieder frei wäre mit des Heilands Hilfe. Kaum im Tempel eingetroffen, wird sie dem Hohen Rat vorgeführt. Ihr Vater und Samuel sind nicht anwesend, dieses stellt sie mit Befriedigung fest.

„Meine Tochter", begann der Hohepriester, „auf einem ungewöhnlichen Weg habe ich dich hierher bringen lassen. Wärest du heute ganz allein zu mir gekommen, ohne eine Frage hätte ich dich wieder zu deinem Vater bringen lassen. So aber kann ich nicht anders. Ich muss dich fragen: Wie stehst du zu Jesus von Nazareth?"

Naeme sieht den Hohepriester furchtlos an und spricht: „Um diese Frage zu beantworten, musste ich, die ich mit meiner Mutter auf dem Wege des Herrn ging, überfallen, meiner Freiheit beraubt und unter den schwersten Drohungen mitten in der Nacht in den

Tempel gebracht werden? Diese Handlung des Tempels und seiner Diener macht mir die Beantwortung leicht. Von dieser Stunde an ist mir Jesus alles, denn einer solchen brutalen Gewalt wäre Jesus von Nazareth nie fähig gewesen. Nur eine kurze Zeit genügte mir, um ein Erlebnis zu haben, welches ewig nie vergessen werden kann. Jahrelang weilte ich in den Hallen des Tempels, und mein Herz blieb, wie es war, freudlos und arm."

„Naeme, Elis Tochter! Deine Antwort hat dich gerichtet. Damit du aber Zeit gewinnst, wieder zurückzufinden in den Tempel und zum Glauben an Jehova, werde ich deine Sicherstellung veranlassen. In der Stunde, wo du mir melden lässt, dass du bereust, dich an den Nazarener verloren zu haben, bist du frei und kannst wieder in dein Elternhaus zurückkehren. Was deine Eltern sagen, ist vorerst belanglos. Aus deinem Munde will ich hören, dass du gleich uns den Nazarener hassest."

„Dies wird nie geschehen", erwidert Naeme. „Es wäre ein Verbrechen gegen mich selbst, und mein Erdenleben wäre wertlos."

Der Hohepriester ist enttäuscht. Naeme stark ansehend, spricht er: „Nun ist dir nicht mehr zu helfen. So nehme das Schicksal seinen Lauf. Doch will ich nicht aufhören zu hoffen um deines Vater und Bruders willen."

Die beiden, die Naeme brachten, führten sie auch wieder fort. Wortlos folgt sie, denn in ihrem Herzen ist Ruhe, Frieden und Zuversicht.

Als Eli in den Tempel kommt, warten die Mitglieder des Hohen Rates schon. Ehe Eli etwas sagen kann, spricht der Hohepriester: „Eli, was hast du uns zu sagen? Gestern hattest du genug Gelegenheit uns deine Wünsche und Entschuldigungen zu unterbreiten;

heute ist es zu spät, deine Tochter ist eine Verlorene."

Eli sieht alle mit prüfenden Blicken an und spricht: „Was du, Oberpriester, von meiner Tochter Naeme sagst, stimmt. Sie ist für den Tempel verloren, doch durch eure Schuld. War es nötig, dass mein Weib und meine Tochter auf dem Wege zu ihren Verwandten, zu denen sie gerufen wurden, überfallen und gleich wie wilde Tiere behandelt wurden? Ist das die Art der sein wollenden Gottesdiener, friedlich gehende Frauen zu überfallen und in sichere Verstecke zu bringen? Nie gab ich zu derartigen Razzien meine Zustimmung, nie förderte ich die Gewalt, die sich von den jüngeren Priestern angemaßt wird. Da ich keine weiteren Gründe vorbringen will, so unterbreite ich dem Rat mein Abschiedsgesuch und bitte es zu genehmigen. Nach Naeme werde ich vorerst nicht fragen, denn mein weiteres Verhalten wird eben von Naemes Zukunft abhängen."

Der Hohepriester erwidert höhnisch: „Denke ja nicht, dass wir dich so leichten Kaufes loslassen. Nach Aussagen deines Sohnes bist du ja schon ein halber Nazarener. Es gilt zu überlegen, ob wir dir nicht das Vertrauen entziehen. Gewiss, du bist mit uns im Dienste weiß geworden, deine Dienste sind immer anerkennenswert gewesen. Gerade jetzt, wo ein Glied deiner Familie diese große Untreue begeht, wirst du deinem Eid untreu. Nein und abermals nein! Deine Bitte ist abgeschlagen, und nur deiner bisherigen Treue wegen ändern wir unser Verhalten dir gegenüber nicht. Ein Glück, dass du und dein Weib nicht wussten, dass deine ungeratene Tochter sich in Bethanien aufhielt."

Eli war wie vor den Kopf geschlagen. Wortlos verließ er die Versammlung, eilte aus dem Tempel und ging nach seinem Heim. Zerschlagen war sein Inneres. Er, der immer eine Kämpfernatur war, fühlte sich geschlagen, fühlte sich matt. Um ihn konnte alles in Trümmer gehen, er hätte nichts davon gemerkt. Sein Inneres war schon ein Trümmerhaufen.

In diesem Zustand kommt er heim. Hanna ist noch im Bett. Auch sie kann sich nicht erheben, sie ist elend. Qualvollste Stunden, Tage und Wochen durchleben sie nun im Hause Eli – nur Samuel nicht, er kommt ganz selten nach Hause. Vater und Mutter geht er aus dem Wege. Jeremias, der alte Freund und Kollege, kommt täglich, ihn erschüttert das Ringen der beiden. Auch er hatte seinen Standpunkt korrigiert und beginnt Eli zu verstehen. Von Naeme wird nicht gesprochen; aber Jeremias zerreißt es bald das Herz, wie Hanna nach Naeme schreit.

Ohne nur ein Wort gesprochen zu haben, geht Jeremias nach Bethanien. In einem griechischen Kleid mit noch einem Händler sucht er Lazarus auf, der ihn aber sofort erkennt. Und bald weiß Lazarus, was sich alles im Hause Eli zugetragen hat. Lazarus ist erschüttert. Dass ein Priester, und noch dazu der Bruder, die eigene Schwester dem Tod überliefern wollte, bringt ihn in große Erregung, denn er liebt Naeme wie eine Tochter. Für Julius ist es ein Schrecken! Lange beratschlagen beide, was zu unternehmen sei, und so fahren sie, begleitet von zwei Soldaten nach Jerusalem und kehren in der Herberge Bethanien ein. Der Pächter ist hocherfreut, Lazarus zu sprechen, denn mancher Priester erschien in der Herberge, teils verkleidet, teils in priesterlicher Tracht. Schyba, ein Enkel des Pächters, ein kluger, junger Mann, mehrerer Sprachen mächtig, wird ins Vertrauen gezogen, die Templer und die Händler auszuhorchen und in Verbindung mit Bethanien zu bleiben. Auch der Stadtkommandant wird besucht. Dieser aber ist ablehnend, da der Tempel auf seine eigene Gerichtsbarkeit Gewicht legt.

Die Sache scheint aussichtslos zu sein, aber Lazarus sagt: „Julius, nicht müde werden, denn der Meister weiß um alles. Noch nie versagte Er in Seiner Liebe und Weisheit! Vertraue ganz! Dann wird auch die Lösung kommen. Dass der Meister schon Seine Hand im Spiele hat, beweist, dass Jeremias, ein alter, unversöhnlicher Priester, nach Bethanien kam. Also achte auf die Führungen des Herrn, denn nicht Er wird dir Naeme zuführen, sondern du musst sie holen. Das Wie wird über Nacht kommen, nur wachsam musst du sein."

V. Naemes Errettung durch Julius

Julius ist eifrig geworden. Seine Soldaten werden noch mehr angefeuert. Da geschieht ein Zwischenfall an der Grenze; dort, wo Naeme Maria das erste Mal sah, waren zwei verkleidete Templer, die Maria belästigten. Es war ihr schwer, sich ihrer zu entledigen. Dies beobachteten einige Soldaten, die auf Streife waren. Als jene an Maria handgreiflich wurden, waren auch die Soldaten zur Stelle und nahmen die beiden Templer gefesselt mit. Vor Julius werden sie klein, als sie die Versicherung erhalten, dass er sie vom Tempeljoch befreien und sie zu Römern machen will, wenn sie offen und frei die Schandtaten des Tempels und seiner Diener offenbaren. Der eine bittet Julius um Hilfe, der andere nicht, er fürchtet den Tempel, er habe genug in der letzten Zeit erlebt.

„Eben darum", sagt der eine, „ich kann es mit meinem Gewissen nicht mehr vereinbaren, wenn diese unschuldigen Menschen so langsam dem Tod in die Arme getrieben werden. So wie es Samuel treibt, kann dies kein gutes Ende nehmen."

Julius horcht auf. Samuel ist doch der Bruder

Naemes. Er sagt: „Hier meine Hand, ich werde euch helfen, so ihr auch mir helfen werdet!" Sie ergreifen die dargebotene Hand, und Julius sagt: „Mit diesem Handschlag seid ihr Römer geworden. Nehmt den Wechsel der Kleider vor, wozu euch die Kameraden verhelfen werden. In einer Stunde meldet ihr euch bei mir im Herrenhaus."

Julius ist erschüttert über die Enthüllungen der beiden Templer. Doch von Naeme erfuhr er nichts. Aber die Namen der Gefangenenwärter erfuhr er, und dieses genügt ihm vorläufig. Einem seiner Unterführer übergibt er die beiden zur Ausbildung, und in kurzer Zeit ist er auf dem Weg nach Jerusalem. Der Pächter der Herberge Bethanien ist hocherfreut, diesen jungen Römer begrüßen zu können, und nach wenigen Worten ist der Pächter von allem unterrichtet.

„Verlass dich auf mich! Mein Enkel Schyba ist wie geschaffen für die Aufgabe, die du ihm stellst. Es ist gut, dass dich niemand mit ihm sieht, denn hier wimmelt es von Spionen."

Schon am anderen Tag lässt sich Schyba bei Julius in Bethanien melden. Seine Augen strahlen.

Er berichtet: „Als mir gestern von deinem Besuche und deinem Begehren berichtet wurde, wusste ich gleich, dass Samuel, der Sohn Elis, seine Hand im Spiel habe. Ich ging nach dem Tempel, als sich die Sonne neigte, und dort wo die diensthabenden Priester vorbeikommen, wartete ich. Immer um dieselbe Zeit verlassen die Priester den Tempel. Meistens gehen sie in die zum Tempel gehörige Herberge. Mein Plan war, ihnen in die Herberge zu folgen, um etwas zu hören. Samuel, den ich gut kenne, kam mit einigen Priestern, und sich laut unterhaltend gingen sie an mir vorbei. Die müssen ein ganz reines Gewissen gehabt haben, denn nicht ein einziges Mal drehten sie sich um! Da sagte Samuel: ‚Aber einmal könnt ihr mir schon den Betrieb ansehen. Die Nazarener sind wirklich die größten Narren.' Ich blieb etwas zurück, um nicht aufzufallen. Und richtig, die anderen drei gingen mit Samuel durch einige Straßen und Gassen und ich hinterher. Vor einem großen Haus blieben sie stehen, pochten dreimal laut, dann warteten sie eine kleine Weile. Das Tor öffnete sich, und die vier verschwanden im Haus. Ich wartete und wartete; es wurde finster. Schon glaubte ich, sie hätten das Haus durch einen anderen Ausgang verlassen, da kamen sie endlich aus dem Haus. Einer sprach: ‚Samuel, deine Schwester besitzt Haltung, denn nicht im Geringsten war ihr etwas anzumerken, dass sie dich für den Urheber ihres Leidens ansieht. Ich hätte es jedenfalls nicht fertiggebracht.' Samuel erwiderte: ‚Noch mehr würde ich fertigbringen an den verruchten Nazarenern.'

Ich wusste genug, Herr. Wenn meine Vermutung richtig ist, so geht Samuel jeden Tag seine Schwester besuchen. Wahrscheinlich, um sie mit seiner Gegenwart zu peinigen. Die Straße ist ruhig, überhaupt kein Verkehr zu dieser Zeit. Es wäre leicht, mit den nötigen Leuten das Nest samt den Priestern auszuheben.“

Julius spricht: „Ja, es könnte gehen. Aber an den Priestern sich zu vergreifen, wäre ein Eingriff in die Rechte des Tempels. Wie wäre es, wenn wir vortäuschen, dass wir Priester sind und würden die Gefangenen freilassen? Mit den beiden jungen Priestern, die sich mir angelobt haben, wäre es ganz gut durchzuführen. Ich werde die beiden gleich rufen lassen.“

Sie sind einverstanden, da Julius die Verantwortung übernimmt. Und als die Mittagszeit vorüber ist, geht ein Wagen mit Soldaten in Priestertracht nach Jerusalem ab. Schyba fährt mit Julius einige Minuten später, das Herz voller Hoffnung, der Befreiung Naemes entgegen.

In der Herberge hat der Pächter für Julius' Leute einen besonderen Raum bereitgehalten. So haben die anderen Gäste gar nicht bemerkt, dass Soldaten eingekehrt sind. Mit eingetretener Dunkelheit gehen Schyba im Priesterkleid und die beiden früheren Priester nach dem Hause, wo gestern Samuel mit seinen Kollegen eingekehrt war. Julius mit seinen Leuten verteilt, folgen ihnen langsam nach. In seinem Herzen ist ein Beten um Gelingen, ein Bitten um Kraft und Weisheit, aber auch ein Danken. Bald ist das Ziel erreicht.

Schyba pocht, genau wie er es gehört hatte, an das Tor, und nach einer kleinen Weile wird es auch geöffnet. Wortlos gehen die drei an dem Türschließer vorbei und, wie richtig geahnt, nach dem Kellergelass. Sie hören Stimmen, und gehen in diese Richtung. An einer Tür ist ein eiserner Vorleger, diesen nimmt Schyba ab, und vor ihnen liegt ein großer, ganz schwach beleuchteter Raum mit vielen Menschen. Schyba sieht einen Augenblick über die Menge von Menschen hin, dann ruft er: „Naeme, Naeme!"

Langsam nähert sich das Mädchen und sagt: „Ich bin Naeme, lasse die anderen gehen."

Spricht Schyba leise: „Bist du Elis Tochter? Aber sprich die Wahrheit!"

„Ja, ich bin es. Es gibt keine zweite Naeme unter uns."

„Dann sage deinen Schwestern und Brüdern hinten in der Ecke, dass sich alle aufmachen sollen in die Freiheit, denn Julius wartet draußen."

Naeme ist sprachlos vor Freude, kaum dass sie reden konnte, ruft sie: „Kommt, kommt, die Rettung ist da! Kommt schnell, ehe es zu spät ist."

Wie sie sind, eilen sie dem vorangehenden Schyba

nach. Auch die beiden Priester gehen voran, um den Türschließer zu verständigen, dass alles in Ordnung sei.

Draußen wird es finster. Aber noch ist so viel zu sehen, dass die Soldaten den Frauen und Männern Platz machen. Julius hat Naeme an den Händen ergriffen und sagt: „Kein Wort reden, alle sollen uns folgen!"

Nicht ohne Geräusch geht die Befreiung vor sich. Fußgänger glauben, die Templer hätten schon wieder eine Menge Nazarener erwischt, und machen, dass sie aus dem Wege kommen, denn es war gefährlich an solchen Abenden. - Unangefochten kommen sie in die Herberge. Alles ist schon vorbereitet.

Dann spricht Julius: „Ihr Lieben! Dem Herrn und Meister wollen wir danken, dass es mir möglich war, euch die Türe der Gefangenschaft zu öffnen. Danken wir dem Herrn und Heiland Jesus! Noch seid ihr nicht ganz frei, denn eure Zukunft liegt noch vor euch. Ich habe Auftrag, euch das Heim des Lazarus anzutragen, der für eure Zukunft sorgen wird. Also entschließt euch bis morgen früh, damit ich für die Überführung Sorge tragen kann. Der Tempel wird giftig werden. Jetzt weiß er schon mit Bestimmtheit, dass ihr aus seinen Fängen entwichen seid. Sorget euch um nichts als nur, dass die Liebe des Herrn und Heilands Jesus euer Leben werde."

Welche Freude erlebt nun Julius! Was sich in dieser Stunde in ihm vollzieht, ist nicht mit Worten zu beschreiben. Naeme aber drückt seine Hände an ihr Gesicht und sagt: „Julius, ein Leben voller Liebe kann den Dank nicht abtragen! Lange hätte ich es nicht mehr ausgehalten, und wäre gestorben."

Julius erwidert: „Naeme, ein langes Leben liegt noch vor uns. Wir wollen es im Geiste Jesu vereint verbringen. Wollen alles, was da kommen mag, geeint tragen.

Die Liebe, die wir in uns tragen, verpflichtet uns und erhöht unsere Aufgaben. Wärest du bereit, mit mir das herrliche Ziel zu erstreben? Deine Mutter ist krank vor Sehnsucht nach dir, baldige Hilfe ist nötig. Darum bitte ich dich, gib mir das Recht, dass ich wie ein Sohn für sie sorgen kann."

Naeme lehnt ihren Kopf an seine Brust, schaut zu ihm auf und spricht: „Julius, ich bin dein. Schon vom ersten Augenblick an wusste ich, dass du allein in mir lebst! Vor dieser Erkenntnis fürchtete ich mich am Anfang, denn Vater und Mutter verblassten vor dieser Liebe, und nun gehöre ich durch die Gnade Jesu dir!"

In dieser Nacht schliefen nur wenige. Die Ereignisse waren zu gewaltig, und immer muss Julius von dem Leben in Bethanien erzählen, was er auch gerne tut. Nach dem Morgenmahle ist es wieder Schyba, der nach Bethanien fährt, um Wagen und Soldaten zu holen, denn es sind ihrer viele, die da beisammen sind und nicht in Jerusalem bleiben wollen. Naeme ginge am liebsten zu Vater und Mutter, aber Julius sagt: „Jetzt nicht, dein Bruder ist eine Bestie von einem Menschen, er würde auch vor dem Schlechtesten nicht zurückschrecken. Lazarus soll entscheiden, was wir tun sollen."

Julius mit den beiden Priestern und Naeme fahren Schyba nach. Die anderen bleiben in der Obhut der Soldaten. Alles geht nach Wunsch und am Abend beim Abendmahl sind alle vereint.

Der alte Tobias bekennt: „Meine nun neuen Hausgenossen! Die Liebe und die Gnade des Herrn ist so wunderbar herrlich, dass Ewigkeiten nicht ausreichen, dieselben zu ergründen. Ich bin der glücklichste Mensch, den die Erde je trug. Es waren herrliche Zeiten, als der Meister uns hier an den Tischen begrüßte und die Speisen aus dem Himmel, durch Engel zubereitet, mit uns aß. Ja, Wunder über Wunder erlebten wir.

Wenn ich aber jetzt die Führungen betrachte, sehe ich in unserem lieben Meister der Liebe noch viel, viel mehr als damals. Damals war es die Liebe von oben, die Er durch Sein Ringen und Kämpfen auf diese Erde verpflanzte. Jetzt aber ist es Liebe, die in uns durch Seine Gnade, Liebe und Erbarmung zur Entfaltung kommt und aus dem Herzen hinausstrahlt, wie eine aufgehende Sonne uns den Himmel belebt; wie Er als Jesus, als Menschensohn, es ersehnte!

Meine Lieben! Ihr habt Schrecken über Schrecken erlebt. Ich aber sage euch: Der Meister hat dieselben Schrecken durchlebt, da das euch betroffene Leid Ihm zur Last gelegt wird. Er kann nicht den Widersacher zur Rede stellen, da der Schein gegen Ihn spricht. Aber wir als seine Kinder sehen Seine Herrlichkeit, die nichts anderes will, als uns reif zu machen für neue Herrlichkeiten.

Darum, o Jesus, Du Herrlicher, der Du in Deiner Liebe mitten unter uns weilest. Du und Dein Herz ist mit Freude erfüllt, weil wir Dein Leben und Deine Liebe als freies Kindesleben verspüren und hinausstellen in die Nacht und Finsternis, damit sie leuchte als Wegweiser und Bekunder Deiner ach so herrlichen und lieblichen Liebe. Nimm hin unser Herz, es soll Dein Ruheort sein. Heilige uns mit Deiner Gegenwart, damit alles geheiligt werde. Amen!"

VI. Auflösung in Bethanien
und Tod von Maria und Lazarus

Nach zwei Tagen fahren Julius und Naeme begleitet von einigen Soldaten nach Jerusalem zu Naemes Eltern. Eli, der von der Befreiung seiner Tochter schon etwas gehört hatte, wartete mit Ungeduld auf ein Lebenszeichen von ihr. Als Julius und Naeme an die Tür klopfen, schreit die Magd: „Naeme ist heimgekommen!" Eli eilt hinaus in den Flur und nimmt Naeme in die Arme und führt sie zu seinem Weibe, welches wie tot auf ihrem Ruhelager liegt. Da kommt Leben in die fast leblose Gestalt. Naeme hebt ihre Mutter hoch und drückt sie an ihre Brust. Mit jeder Minute wird es besser, und endlich kann sie sprechen: „Naeme, gehe nicht mehr fort, bleibe bei uns, sonst muss ich sterben."

„Leben wirst du Mutter!" spricht Naeme. „Leben, aber in Sonne und Glück. Ein neues Leben liegt vor uns, ein Leben in Jesus, wo alles Leid aufhört und in Freude, Glück und Zufriedenheit beginnt."

„Wo ist Samuel?" fragt Hanna. „Vater, lass ihn nicht herein."

„Samuel ist nicht mehr hier, auch kann er nicht mehr neues Unglück bringen, da das alte groß genug ist."

Samuel ist aber doch im Haus und durch den Lärm, den die Magd machte, ist er neugierig geworden und schaut ins Zimmer hinein.

Er sieht den Römer und Naeme, sagt aber nur: „Ah, ihr habt Besuch", und verlässt das Zimmer wieder. Julius aber sieht Samuel scharf an, und dieser Augenblick genügt, um zu wissen: Das ist ein unversöhnlicher Feind!

Eli reicht dem Römer die Hand und sagt: „Dir haben wir wohl das Glück zu verdanken, dass Naeme wieder im Hause bei ihrer Mutter ist? Aber es wird kein Glück mehr für uns geben, denn der Tempel ist voller Hass."

„Mitnichten, lieber Eli! Naeme geht wieder mit mir nach Bethanien, und ich habe den Auftrag von Lazarus, euch beide mitzubringen. Lasse mich frei sprechen, da wir wenig Zeit haben. Naeme hat sich mir angelobt. Sobald es die Umstände erlauben, werde ich sie zu meinem Weibe machen. Nur so ist sie vor dem Tempel geschützt, und ihr beide kommt mit uns."

Eli nimmt nochmals die Hände des Julius und spricht: „Wenn eure Herzen einander gehören, so will ich gerne meinen Segen geben. Ob ich jemals noch nach Bethanien komme, hängt vom Tempel ab. Von einem Ausscheiden wollen sie alle nichts wissen, um Naeme zu zwingen, dem Nazarener zu fluchen."

Julius erwidert: „Vater Eli, das lasse nur meine Sorge sein. Nun, da ich dein Sohn bin, habe ich die Pflicht, für euer Wohlergehen zu sorgen, und dass ich das kann, wirst du in Kürze erfahren. Aber nun gebietet die Klugheit, weise zu sein und den Tempel nicht herauszufordern."

Sich an Naeme wendend spricht er: „Naeme, wir müssen wieder zurück. Noch ist der Boden nicht gereinigt, und deinem Bruder ist nicht zu trauen. Bitte deine Mutter und deinen Vater, dass ich sie morgen holen darf."

Eli sagt zu. Diese Zeit genügt ihm, um ganz klar zu werden, und so nehmen sie Abschied bis morgen.

Samuel hatte nichts Eiligeres zu tun, als in den Tempel zu eilen und dem Hohepriester zu sagen, dass Naeme mit dem Römer bei den Eltern weile.

Spricht der Hohepriester: „Samuel, allen Eifer in Ehren, aber hier sage ich nichts mehr dazu. Denn Naeme steht auf alle Fälle unter römischem Schutz, und da ist nichts mehr zu machen. Siehe zu, dass du mit dir und deiner Schwester fertig wirst. Der Tempel wird dich nicht schützen können, so du den Römern bei einer ungesetzlichen Handlung in die Hände fällst."

„So, so, also abgeblitzt. Aber ihr irrt euch in mir! Was ich mir vorgenommen habe, werde ich auch erreichen, trotz des Römers. Wie wird es nun mit meinem Vater werden?"

„Er wird dem Tempel treu bleiben. Dies ist meine Überzeugung. Übrigens erwarte ich bald Nachrichten aus Rom, um die Bevormundung loszuwerden."

Am anderen Tage holt Julius wirklich Eli und Hanna nach Bethanien. Die Freude, Naeme wiederzuhaben, hatte bei Hanna Wunder gewirkt. Ohne Samuel gesehen zu haben, verließen sie ihr Heim, nur die alte Magd blieb zurück. Einen Tag blieb Eli in Bethanien, dann fuhr er mit einem Wagen des Lazarus wieder zurück nach Jerusalem. Hanna blieb.

Es folgen nun ruhige Wochen. Hin und wieder kommt Eli, bleibt aber nie länger als einen Tag. Das Einzige, was er von Lazarus annimmt, ist die Niederschrift des Johannes. In dieser Zeit lernen sich Naeme und Julius, besser kennen, und Julius erwartet eine Botschaft von seinem Vater Vespanus, den er um den Segen bat.

Nun kommt ein schwerer Schlag für Bethanien, überhaupt für Jerusalem. Julius wird nach Korinth versetzt. Die ganze Besatzung wird aus Jerusalem abgezogen. Der Tempel hat gesiegt. In einem Umkreis von vier Stunden haben die Römer laut Befehl des Statthalters sich zurückzuziehen. Was das für Bethanien bedeutet, ist nur Lazarus bewusst. Er schweigt zu allem, nur Julius ist eingeweiht.

An dem Tage, da Julius dienstlich zum Stadtkommandanten nach Jerusalem befohlen wird, trifft er drei Priester auf dem Wege, aber noch auf römischem Grund. Rasch ist er vom Pferde, seine zwei Begleiter ebenfalls, und fragt was sie hier zu suchen hätten. Einer wendet sein Gesicht zur Seite, als wenn er nicht gesehen sein will, aber Julius hat ihn schon erkannt.

„Was habt ihr hier zu suchen?" fragt er nochmals. „Ich verlange Antwort, aber rasch! Denn hier ist römischer Grund, und da habt ihr nichts zu suchen!" Er erhält keine Antwort.

Da sagt Julius: „Du bist Samuel, Naemes Bruder! Kehre sofort um und lasse dich hier nicht mehr sehen! Wärest du nicht Naemes Bruder, würde ich euch festnehmen und bestrafen lassen. Hüte dich, dass ich dich nicht bei einer ungesetzlichen Handlung erwische, denn dann werde ich nicht die geringste Rücksicht nehmen. Aber nun rasch zurück nach Jerusalem, sonst mache ich euch Beine."

Da laufen die Templer noch rascher als die Pferde. Julius aber hat nun auch einen unversöhnlichen Feind.

Der Stadtkommandant eröffnet Julius, dass er trotz seiner Jugend zum Hauptmann befördert sei, und übergibt ihm ein Schreiben seines Vaters. In Gegenwart des Stadtkommandanten erbricht er das Schreiben. Er erhielt den Segen seines Vaters zu der Verbindung mit Naeme. Weiter schrieb sein Vater, dass er es für besser halte, wenn Naeme, seine Braut, zu ihm nach Joppe kommen würde, wo die Hochzeit stattfinden soll.

„Es gibt bald Krieg mit Judäa, darum möchte ich vorsorgen. Du bist nun Hauptmann und kannst auch nicht in Bethanien bleiben. Damit du aber in Verbindung mit deiner Braut bleiben kannst, versetzten wir dich nach Korinth.

Den hochherzigen Lazarus, den Wohltäter, aber grüße ich. Ich rate ihm, er solle verkaufen und weitab von Jerusalem ein neues Bethanien errichten, denn der Krieg ist nicht mehr abzuwenden."

Julius setzt den Stadtkommandanten von dem Schreiben in Kenntnis. Da sagte der Stadtkommandant: „Dein Vater muss ein hochherziger Mensch und auch ein edler Charakter sein, denn sonst würde er den Lazarus nicht auffordern zu verkaufen. Dein Vater muss mehr wissen, als wir ahnen, mit dem Tempel stimmt etwas nicht."

Lazarus ist erstaunt über die Nachricht, die ihm Julius übermittelt. Es stimmt aber mit dem überein, was der Herr ihm so oft zurief: „Schaffe Heimstätten, wenn das Gericht herbeikommt." Julius ist mit seinen Leuten abgezogen. Ein letzter Abend brachte viel Herrliches und Schönes, sodass ihm Bethanien nicht mehr verwischt werden konnte. –

Naeme war gefasst. Sie wusste, dass Julius, so oft er könne, nach Bethanien kommen würde. Wie gut, dass der Mensch nicht weiß, was im Schoße der Zukunft liegt. Denn für Bethanien naht die Bewährungsstunde.

In Jerusalem war die Hölle auf Erden. Keine Soldatenstreifen durchzogen mehr die Straßen. Die römischen Bürger wurden genauso behandelt, als seien sie keine römischen Untertanen. Hätte Lazarus die großen Wachhunde nicht, wäre Bethanien längst ein Trümmer- und Schutthaufen. Die Templer versuchten auf jede Art, Lazarus zu schaden. Ja, Lazarus getraute sich längst nicht mehr nach Jerusalem. So verkaufte er ein Stück Land nach dem anderen an Griechen und Römer, denn Julius hatte auch Arbeiter des Lazarus in der Handhabung der Waffen ausbilden lassen. Ließ er,

Lazarus, jüngere Schwestern und Brüder zu Glaubensbrüdern ziehen, so gab er ihnen den Erlös aus den verkauften Grundstücken, damit sie nicht wie Arme zu ihrem neuen Brotherrn kämen.

An einem Vorsabbat erkranke Hanna schwer. Eli war zu derselben Zeit in Bethanien. Nach kurzer Krankheit ging Hanna heim zu ihrem Heiland und Erlöser. Eli brach fast zusammen unter diesem Schicksalsschlag, aber Naeme blieb gefasst.

Sie sagte: „Ein Vater und Freund kann nichts Schlechtes, nur Gutes wollen! Darum vertraue ich Jesus mit ganzem und vollem Herzen! Er weiß, warum und wozu!"

Wenige Tage später geht Maria wieder an einem schönen Tage an den Kidron. Ganz vertieft ist sie, und in ihrem Innern ist eine herrliche Ruhe und Stille. Sie bemerkt nicht, wie zwei Männer in Verkleidung sich ihr nahen und sich an ihr vergreifen wollen. Sie wollen sie mit Stricken binden und fortschleppen.

Da ruft sie: „Herr Jesus, jetzt brauche ich Deine Hilfe, jetzt mache dein Wort wahr und erweise Dich als der Herrliche!"

Da lachen die beiden und schreien: „Du, mein Jesus?" Sie packen Maria an den Haaren und wollen sie auf den Boden ziehen. Da merken sie, dass Maria tot ist. Erschreckt über die Tote ergreifen sie die Flucht.

Dann spricht der eine: „Nie und nimmer werde ich mich mehr an einem Christen vergreifen. Der Tempel hat mich heute das letzte Mal gesehen. Zu Lazarus gehe ich und melde ihm den Vorgang und des Tempels Schuld."

Wie waren die Bewohner von Bethanien betroffen durch den Tod Marias. Lazarus fühlte heißen Schmerz, aber auch heißen Dank. Immer mehr und mehr betrieb er den Verkauf seiner Ländereien, und dieses machte die Templer rasend.

Eli kam nun nicht mehr nach Bethanien, des Tempels wegen. Aber umso eifriger studierte er die Niederschriften des Johannes. Immer trug er dieselben bei sich. Es war sein Talisman. Er fühlte sich sicherer, und sein Herz wurde warm für Jesus! Nun hatte er Aufgaben! Von den Schlechtigkeiten unterrichtet, konnte er von den Maßnahmen die der Tempel unternahm, manches verhindern. So ließ er Lazarus wissen, dass ein Überfall auf Bethanien geplant sei, er solle Wachen aufstellen. Richtig, es traf zu. Selbst vor einem Überfall schreckte der Tempel nicht zurück. Durch die Mitteilung des Eli wurde Lazarus vor Schaden bewahrt und die gefangenen Tempelsoldaten den Römern nach Jericho gesandt.

Bei all diesen Vorgängen ärgerte sich Lazarus derart, dass er sich hinlegen musste und sich nicht wieder erholte. An einem Vorsabbat bei Sonnenuntergang ging er ein in die Arme seines Herrn und Meisters Jesus; und für Bethanien war auch die Sonne untergegangen. Große Trauer war um Lazarus, nicht nur in Bethanien, sondern weit hinaus in die Lande, die seinen Tod erfuhren.

Martha blieb ruhig: „Jetzt würde ich den Meister der Liebe nicht um Hilfe bitten", sagte sie zu Naeme, „ich gönne ihm die Ruhe und die Seligkeit, die er mit dem Herrn erlebt."

Und mit Eifer setzte sie das Werk ihres Bruders fort. Die Templer spielten sich wie die Herren auf, aber die Leute waren auf der Hut. Sie ließen die Templer nicht übermütig werden. Und dauernd waren Freunde da, die Bethanien erwarben. Nur ein kleines Häuschen blieb Martha, wo sie unter sicherem Schutz der neuen Freunde mit Naeme auf die Botschaft des Vaters von Julius wartete.

VII. Naeme wird zum zweiten Mal gefangen-genommen und wieder von Julius befreit

Ein Kurier, aus Jerusalem kommend, reitet auf Bethanien zu. Müde ist er vom langen Ritt, müde und hungrig das Pferd. So achtet er weniger der Wanderer, denen er begegnet. Er sieht das Ziel schon von weitem, und auf einmal wird er vom Pferd gerissen und erhält einen Schlag auf den Kopf, der ihm das Bewusstsein raubt. Samuel mit einigen Komplizen, war es, der mit Sehnsucht den Kurier erwartete. Mit Sicherheit wusste er, dass Naemes Schwiegervater einen Boten senden wollte, der Naeme Anweisungen geben würde, wo und wie sie sich nach Joppe zu begeben habe. Mit Eifer riss er die Tasche auf und suchte das Schreiben und bald hatte er es gefunden. Er riss es auf und las die wenigen Zeilen. Sie genügten ihm. Endlich war er am Ziel.

Als der Kurier wieder zu sich kommt, ist Samuel ganz ein helfender Samariter. Er hilft ihm auf das zitternde Pferd, führt es ein paar Schritte und sagt: „Danke deinem Schöpfer, dass wir gerade des Weges kamen, sonst wärest du ein Opfer deiner Unvorsichtigkeit geworden. Wenn du nach Bethanien willst, dort ist das Ziel!"

Noch ganz benommen ist der Kurier, er glaubt an einen Unfall. Leicht findet er Naeme und Martha. In ihrem Eifer und ihrer Aufregung merken sie nicht, dass das Schreiben erbrochen ist. Naeme ist überglücklich. Martha ist bereit, sie nach ihrem neuen Wohnort zu bringen. Ganz eilig hat sie es nun. Sie haben sich bis Jericho ganz allein zu behelfen, und von dort waren Soldaten beordert, Naeme sicher nach Joppe zu bringen. Pünktlich zur festgesetzten Zeit verlassen Martha und Naeme Bethanien. Eli, der verständigt worden war, ist gekommen, um von Naeme Abschied zu nehmen.

Immer und immer wieder sagt Naeme: „Vater, komm mit! Komm mit! Warum kannst du dich nicht freimachen?"

„Um deinetwillen, mein Kind. Nur so, dass ich dem Tempel treu bleibe, kann ich Jesus dienen! Glaube mir, manches Elend wäre geworden und manches Leid hereingebrochen, wenn ich nicht Wächter gewesen wäre. Ich kann einfach von meinem Dienst für Jesus nicht abtreten. Ziehe mit Jesus! Mit segnender Liebe begleite ich dich; folge deinem Manne und deinem Blut. Meine Heimat ist hier! Nun bin ich ganz allein. Samuel kommt nicht mehr zu mir, und im Tempel sehe ich ihn auch nicht. Betrachte ihn als einen Verlorenen."

Naeme küsst immer und immer wieder ihren Vater. Martha drängt und spricht: „Bald werdet ihr euch wiedersehen! Eli, mein treuer Bruder, die größte Freude hast du nicht nur mir, sondern auch dem Heiland Jesus gemacht, indem du dich als Wächter Seiner Liebe in Seinem Dienst betrachtest. Tue weiterhin, was dir dein Herz vorschreibt, und wir sind eins! Mein kleines Häuschen, das ich noch besitze, es sei dein. So du einmal ausruhen willst in Seiner Liebe, so wandere hin; dort wirst du Ruhe finden und mit uns im Geiste verbunden sein. Die Liebe Jesu mache dich stark und in Seinem Geiste willig!"

Noch ganz im Banne der letzten Stunden lenkt der Knecht das Gespann auf dem viele gefüllte Kisten und Truhen waren. Martha betrachtet Naeme als ihre Tochter und gibt ihr auch dementsprechend die Ausstattung mit.

„Julius soll kein armes Mädchen heiraten", sagt sie zu Naeme. Den Vater Eli wollen wir nicht belasten, es soll alles Samuel gehören. Was ich habe, ist dein, und ich bleibe bei dir für immer. Bin ich dir in deiner Not Mutter gewesen, so will ich es auch in deinem Glücke sein. Mich hält ja nichts mehr in Bethanien."

So ziehen sie ruhig die Straße. Arglos und im Glauben auf den Schutz der ewigen Liebe freuen sie sich auf die Wunder, die die fremde Umgebung ihnen offenbaren würde.

Ein beladener Wagen kommt ihnen entgegengefahren. Dieser hält an, fünf oder sechs Männer springen herab und ziehen die ahnungslose Naeme vom Wagen und peitschen auf die Pferde ein, dass sie wie wahnsinnig auf der Straße dahinsausen. Als sich die Pferde beruhigen, sehen die Räuber nach rückwärts. Niemand kam auf der Straße entgegen, und von rückwärts war auch nichts zu sehen.

„Das war gut gegangen!" sagt Samuel, denn er ist es, der den Raub ausgedacht und auch durchgeführt hat. Zu Naeme sagt er kein Wort, diese liegt noch bewusstlos im Wagen. Man hatte ihr die Füße und auch die Hände gebunden. Eine ziemlich lange Fahrt ist es, die Samuel macht. In einer Herberge hielt er. Sie ist unweit von Jerusalem und gemieden, es seien dort Aussätzige untergebracht. Ohne mit dem Wirt zu verhandeln, trägt man Naeme in das Haus und befreit sie von ihren Fesseln, da erkennt sie ihren Bruder Samuel.

Höhnisch sieht er Naeme an und spricht: „Nun wollen wir sehen, wer stärker ist – ich oder Jesus. Dort drinnen ist dein Platz, bei den Todgeweihten!"

Ohne ein Wort zu sagen, wendet sie sich von ihm ab und geht ihren Leidensgenossen entgegen.

Martha, ihren Schmerz überwindend, spricht zu dem Knecht: „Fahre rasch weiter nach dem Ziel. Zu retten vermögen wir doch nichts. Wie wird Julius erschrecken, wenn ich ohne Naeme komme!"

So kann sie nur beten, beten und wieder beten. Endlich vernimmt sie innerlich die tröstenden Worte:

„Martha, der Schlag galt Mir! Bleibet stark und vertrauet Meiner Liebe und Fürsorge. Es wird alles gut werden!" Nun wurde Martha ruhig. Sie wusste, ja, es wird alles ein gutes Ende nehmen.

Mit Zuversicht kommen sie nach Jericho; aber Julius ist nicht da, sondern ein Unterführer, der Befehl hat, Naeme unter sicherem Schutz nach Joppe zu bringen. „Wo ist der Hauptmann Julius?" fragt Martha. „Ich kann doch ohne Naeme nicht nach Joppe kommen! Was soll denn Julius' Vater denken?"

Der Unterführer sagt: „Ich bringe dich in der denkbar kürzesten Zeit nach Joppe. Dort wird schon alles geordnet werden. Ich kann nicht von meinem Befehl abgehen. Meine Leute sind marschbereit. Mit dem Sonnenuntergang reiten und fahren wir. Den Hauptmann erreichen wir innerhalb acht Tagen nicht."

Erst unterwegs kann Martha dem Unterführer alles geordnet erzählen. Sie schildert ihm auch, dass der Kurier die Aufforderung brachte und erzählt hatte, dass kurz vor Bethanien sein Pferd gescheut habe und er von einigen Priestern wieder gestärkt und ihm auf das Pferd geholfen wurde.

„Uns fiel es auch nicht auf, dass das Schreiben gar nicht verschlossen war, denn es war eine Freude wie auch eine große Aufregung."

Der Unterführer, auch ein Jünger Jesu, sagte: „Nur Samuel kann der Verbrecher sein, der seiner Schwester Rache geschworen hat. Wir aber wollen alles Weitere Julius überlassen, denn wo sollen wir anfangen und enden? Jerusalem ist für uns gesperrt, und die Templer betrachten ihren Hass als Gottesdienst. Wir wollen auch unsere Herzen nicht beschatten, sondern noch freier machen. Herausgefunden habe ich, dass ich meinem Herrn und Meister mit einem freien Herzen mehr nützlich sein kann als mit einem beschwerten.

Magst du mir nicht etwas aus dem Leben des Herrn erzählen? Ich stelle mir so oft den Herrn, auch jetzt noch, als einen Menschen vor und glaube, dies ist mir am wohlsten. Müssen das herrliche Zeiten gewesen sein, als der Herr bei euch weilte, wo Er das Mahl segnete und die Kranken heilte!"

„Ja, Bruder, du hast Recht. Es waren herrliche Zeiten. Aber die heutigen Zeiten sind auch keine anderen. Dort sorgte des Herrn Liebe für unser Wohlergehen, alles fügte sich so herrlich ein, dass wir glaubten, der Himmel habe uns aufgenommen. Heute bin ich anderen Sinnes; der Himmel ist unser freies Eigentum, und nur der Herr allein soll darin das Belebende und Beseligende sein durch Seine Liebe und Gnade.

Alle die Unannehmlichkeiten wollen uns ja den Himmel erschließen lassen und das freie und belebende Leben aus Ihm. Und so kommt es, dass der Herr mit Segnungen und Wohltaten aufwarten will, und wir hindern Ihn geradezu. Ich kann denken, wie ich will, mit Naeme wird es zu einem guten Ende kommen. Es müssen eben die Unannehmlichkeiten als Schulung angesehen werden. Die Hilfe des Herrn kann nur kommen, insoweit unsere Herzen Ihm erschlossen sind.

Was haben wir in den letzten Zeiten für Kämpfe gehabt! Aber glaubst du, lieber Bruder, dass der Herr in uns weniger geworden wäre? Nein und abermals nein! Seine Herrlichkeit ist die, dass wir in allen Lebenslagen uns dessen bewusst werden, alles wird ein herrliches Glück und Leben werden."

Nach drei Tagen sind sie in Joppe. Abgeholt werden sie von Soldaten, die Julius' Vater Vespanus vorausgesandt hat. Von Julius selbst ist nichts zu sehen. Keiner weiß etwas von ihm. Aber ein Empfang wird Martha bereitet, der Naeme gilt. Welch ein Erschrecken, als Martha das Misslingen erzählt, was sie betroffen hatte.

Mit Liebe wird sie umgeben, sie braucht sich um nichts zu sorgen. Alle Sachen werden an Ort und Stelle gebracht, und als sie sich von den Strapazen erholt hat, lässt Vespanus sie zu sich bitten, um sich den ganzen Vorgang in Ruhe erzählen zu lassen. Nun hat Vespanus das rechte Bild. Durch Diener lässt er einige Unterführer kommen, lässt Befehle ausschreiben und ein Kommando zu Julius zusammenstellen, das zur selben Stunde auch noch abrückt.

Nun kommt eine lange Zeit des Wartens. Martha findet in der großen Stadt aber bald viele Freunde und kann guten Samen legen, manches schwache Herz aufrichten und vor allem dem Vater des Julius das rechte Bild von Jesus geben. – So vergehen Monate! –

In zwei Tagen hatte Julius den Bericht seines Vaters. Der Unterführer, der Martha nach Joppe brachte, war der Führer des Kommandos, welches sich dem Julius zur Verfügung zu stellen hatte. Julius erfuhr nun alle Einzelheiten. Vespanus wusste, dass Martha dem Unterführer alles genau berichtet hatte, und so bekam auch Julius das rechte Bild. Sofort ritten sie nach Jerusalem.

Julius machte sich noch keine Vorstellung. Er hoffte nur auf Jesus, den Heiland und Helfer. So kam er nach Korinth, wo er einige Unterführer zur Streife veranlasste, die die Karawanen zu beobachten und, wenn nötig, auch festzuhalten hatten. Sofort begab er sich weiter nach Jericho, wo er seine Leute von seinem Plan unterrichtete. Seine Unterführer bekamen Anweisungen, auf Nachrichten von ihm zu warten, und man verabredete Ort und Zeit, damit nicht unnütze Zeit verloren gehe.

„Achtet genau auf Karawanen, kontrolliert um Jerusalem, so gut ihr könnt, aber wahret das Gesetz und die Verpflichtungen!"

Über sein Kleid zog er einen dunklen Mantel, wie ein Reisender sah er aus. Und so ritt er ganz allein nach Jerusalem. Noch vor Toresschluss war er in den Mauern Jerusalems. Sein Weg ging zur Herberge Bethanien. Der Wirt traute seinen Augen kaum, als Julius ein Nachtlager und Futter für sein Pferd verlangte.

„Bist du es wirklich, Julius?"

„Ich bin's", sagte er leise.

„Ist Schyba noch bei dir?"

„Ja, jetzt aber noch nicht. Es kann noch eine Stunde vergehen, bis er kommt."

„So mag er in meine Kammer kommen, die du mir zuweist."

Als er sich gestärkt hatte, begab er sich in die Kammer. Er war müde und brauchte Ruhe und Sammlung. Noch immer hatte er keinen Plan und auch keinen Zuruf vom Herrn. Schyba kam, herzlich war die Begrüßung. Sofort fühlte Julius, wie die Müdigkeit von ihm wich. In kurzer Zeit wusste Schyba alles, was Julius bekannt war.

„Lass mich nur meine Wege gehen, ich muss erfahren, wo Samuel verkehrt. Bei seinem Vater ist er wenig, denn beide pflegen keinen Verkehr mehr, wahrscheinlich wegen Naeme."

Am anderen Tag ging Schyba schon frühzeitig weg. Den ganzen Tag ließ er sich nicht ein einziges Mal sehen. Für Julius war dies eine Probe. Alle Herbergen, die er sah, besuchte er, ohne auch nur ein bestimmtes Ziel zu haben. Müde und zerschlagen fühlte er sich gegen Abend, und auch Schyba konnte noch mit keinem günstigen Bescheid kommen. Endlich hatte er eine Beobachtung gemacht. Zwei Templer, ihm völlig unbekannt, ließen ein Tuch fallen, als sie einen griechischen Händler kommen sahen. Dieser hob das Tuch auf und steckte es in sein Gewand. Schyba folgte diesem Händler, der in eine weitabgelegene Herberge ging. In dieser Herberge schien der Händler eine bekannte Persönlichkeit zu sein, denn der Wirt war sehr erfreut, und beide unterhielten sich eine lange Zeit miteinander. Schyba, der am nächsten Tische Platz genommen hatte, hörte heraus, dass der Händler eine Karawane besaß. Nun muss ich zu ergründen suchen, was er mit den Templern zu tun hat. So kreisten die Gedanken in seinem Kopf.

Bald war Gelegenheit gefunden, sich mit dem Händler bekannt zu machen. Geschwätzig, wie die Händler alle sind, erfuhr Schyba, dass er noch auf Ware wartete, die er weit nach Norden zu bringen habe.

Schyba fragte, was für Ware es sei. Da lächelte der Händler und fragte, ob er auch Ware habe.

Schyba bejahte und sagte: „Ich möchte sie aber selbst mit noch einem an den Mann bringen. Ich brauche nur einen, der uns in seiner Karawane mitnimmt, um den Schutz zu genießen, den eine bewaffnete Karawane gibt."

„Wenn es sich lohnt, warum nicht!" erwiderte der Händler.

„Eigentlich dürfte ich aber auf das Geschäft nicht eingehen, da der Hauptteil der Ware vom Tempel geliefert wird."

„Vom Tempel?" fragte Schyba erstaunt. „Was hat denn der Tempel für Ware? Doch nicht etwa Menschen?"

„Nazarener, die den Tod verdient haben. Mir ist es gleich, Ware ist Ware. Übrigens bringt der Tempel seine Ware selbst, wie du, an Ort und Stelle. Ich stelle nur meinen Wagen, Tiere und Treiber sowie den Unterhalt und fahre gar nicht schlecht dabei. Die Zeiten sind schlecht, die Römer sehr peinlich, da ist es immer besser, meine Hände bleiben rein und ich verdiene doch. Nur darum ist es möglich, auch dich mitzunehmen."

„Wann soll die Abfahrt losgehen?" fragte Schyba weiter. „Ich hätte noch etwas zu erledigen."

„Je eher, desto lieber wäre es mir. Der Zeitpunkt ist bei mir auch noch unbestimmt. Die Templer sind merkwürdige Gesellen. Erst kann es nicht schnell genug gehen, und wenn es soweit ist, machen sie allerhand Einwände. Erst heute erhielt ich wieder Bescheid, dass es noch zwei bis drei Tage dauern kann. Diese Herren bedenken aber nicht, dass auch meine Tiere fressen wollen, und der Aufenthalt in Jerusalem ist teuer."

„Nun, ich geize nicht", sprach Schyba, „die Hauptsache ist, dass das Ziel erreicht wird und das auch in nicht zu langer Zeit. Mein Auftrag ist nicht kleinlich."

„Komme übermorgen um die gleiche Zeit, dann wird es möglich sein, dir die Stunde bekannt zu geben."

Schyba hatte etwas mit dem Händler vereinbart, ohne zu wissen, ob es Zweck habe. Aber er dachte: „Es muss eine Heimlichkeit dabei sein. Wie kommen die Priester dazu, einem fremden Händler ganz heimlich Botschaft zu geben? Jedenfalls werde ich die Augen weiter offen halten."

Julius musste wohl oder übel Schyba weiterhin vertrauen, denn er hatte kein Glück. Nichts erfuhr er, nichts sah er, und offen zu fragen, lag ihm nicht.

Am anderen Tag kam Schyba ganz aufgeregt zu ihm und sprach: „Herr, ich glaube, ich habe die rechte Spur. Jene beiden Priester habe ich belauscht, die dem Händler das Tuch zukommen ließen. Sie waren auf dem Weg zum Tempel.

Da sagte der eine: ‚Ich lehne dem Samuel den Transport ab, denn er geht nicht vom Hohepriester aus, sondern vom Samuel. Nur lässt der Hohepriester Samuel gewähren. Ich lehne ab, weil er seinen Vater, den alten Eli, direkt verachtet, und warum? Wegen Naeme.'

Darauf der andere: ‚Sei doch kein Angsthase, was hat das mit denen zu tun? Du machst deine Obliegenheiten, und alles andere ist gleich.'

Der erste: ‚Nein, nein, mein lieber Josef. Ich habe in Erfahrung gebracht, dass Samuel seine Schwester gefangen hält; das Wo und Wie verrieten sie mir nicht. Jedenfalls ist Samuel kein Priester im Sinne Jehovas, sondern ein rachsüchtiger Mensch, mit dem man es nicht verderben möchte. Dieses sage ich dir und auch heute dem Hohepriester.'

Ich wusste genug! Es kann nur Samuel sein, der die Schwestern und Brüder fortschaffen lässt. Morgen um diese Zeit werden wir mehr wissen. Es ist nun an der Zeit, dass deine Leute auf dem Posten sind."

„Das werden wir schon besorgen", sagte Julius. „Meine Leute erreiche ich jeden Tag, und morgen geht die Jagd los."

Zur festgesetzten Stunde war Schyba in der Herberge. Der Händler war aber noch nicht zu sehen. Fragen wollte er nicht, und so musste er warten.

Schon glaubte er, gehen zu müssen, da kommt jener, und nach kurzer Begrüßung spricht der Händler: „Morgen in der Frühe geht es los. Ich muss aber leider einen Umweg fahren, da ich in der Herberge der Verlassenen halten muss. Wenn du mit deinem Gehilfen mitkommen willst, aber nicht, wenn ich losfahre oder an der Herberge halte, sondern stoßt zu uns, wenn wir gegen Mittag in der Höhe des Jordans halten. Dann nimmt niemand Notiz von euch, und ich habe meine Interessen gewahrt. Also gegen Mittag im Jordantal!"

70

Endlich einen Schritt weiter! „Wird Naeme dabei sein?" So fragte sich Julius immer! Seine Leute mussten noch genau Bescheid erhalten. So ritt er noch nach Jericho und wollte morgen zu Schyba stoßen, weit außerhalb von Jerusalem.

Mit zwei Tragtieren ritt Schyba aus dem Tor. Ein lustiges Lied auf den Lippen ritt er nach der Stelle, wo er Julius erwartete, der auch pünktlich zur Stelle war. Langsam ritten sie nach dem Jordan, und hier war es nicht mehr schwer, die Karawane zu treffen. Bald erfuhren sie auch, dass eine Karawane eine Stunde zuvor des Weges gefahren sei. Und nun ging es dem Wege entlang, und näher und näher kamen sie der Karawane. Diese rastete, aber die beiden blieben weit zurück. Als die Karawane weiterfuhr, ritten ihr die beiden nach, ohne die Entfernung zu verkürzen. Noch wussten sie ja nicht, wohin die ganze Reise ging. Julius bemerkte mit seinen scharfen Augen auch keine unnötigen Bewegungen.

„Dort ist alles in Ordnung", sagte er. „Wenn aber dieses Tempo beibehalten wird, kann es lange dauern, bis sie ans Ziel kommen."

Noch immer sah er seine Leute nicht. Zwei Abteilungen hatte er zum Spähdienst kommandiert. Zeichen waren vereinbart, sie mussten zu ihm stoßen, noch ehe es Nacht wurde. Spät nachmittags änderten die vorderen den Kurs. Da machte Schyba ein Fässchen auf und ließ den Inhalt mit Mehl auslaufen und das Fässchen auf die Erde fallen. Nach einer halben Stunde wiederholte er dasselbe. Schon wollte er das dritte Fässchen opfern, da sah Julius in noch weiter Ferne seine Soldaten.

Dankbar schaute er auf und sagte: „Herr Jesus, Du weißt am besten Zeit und Stunde, nun gib Du Gelingen."

Sie verzogen etwas, und in einer weiteren Stunde begrüßten seine Soldaten ihren Hauptmann. Julius instruierte seine Leute, und nun ging es im scharfen Trab der Karawane nach.

Naeme, ganz benommen, hatte einen Stoß erhalten und wurde in eine geöffnete Tür geschoben. Sie traute ihren Augen kaum, denn vor ihr saßen und lagen viele Menschen.

Sie ging näher, da sprach eine Frau: „Nicht anrühren, unrein, unrein!"

Naeme erschrak, dann aber hatte sie sich in der Gewalt und sagte: „Fürchte dich nicht, dass du mich verunreinigst. Es ist nicht meine Schuld, dass ich hier bei euch sein muss, sondern der blinde Hass, der nicht uns, sondern unserem Heiland Jesus gilt. Aber um eines bitte ich euch: Wenn uns wahrlich unser Jesus, unser Heiland, erretten soll, dann müssen wir auch Mut und Vertrauen haben. Was habt ihr denn bis jetzt getan?"

„Wir beteten! An eine Rettung glauben wir nicht, aber an eine Erlösung von all unserem Übel und Leid."

„Ganz recht", spricht Naeme, „vor allem wollen wir uns gegenseitig helfen und uns nicht fürchten vor Ansteckung. Der Heiland, der da mitten unter uns ist in Seinem Geiste und um alles weiß, wird uns Seinen Beistand nicht versagen und uns retten aus den Händen Seiner Widersacher. Freilich muss Er an uns geschehen lassen, was Seine Feinde uns zugedacht haben; dieses soll uns gerade dienen, um in uns das frei zu machen, was Ihm noch nicht gehört."

Da kommt ein alter Bruder zu ihr und spricht: „Schwester, sag es noch einmal, dieses Wort, dass Er mitten unter uns ist und um alles weiß!"

„Ja, Er ist in Seiner ganzen Liebe unter uns, darum

wird niemand weiter unrein werden. Wer aber unrein ist, wird rein werden, wenn Er es an der Zeit findet. Gerade was ihr fürchtet, ist euch zum Heil. Gerade diese Krankheit fürchten des Herrn Feinde am meisten."

So richtete Naeme alle Leidensgenossen auf. Immer fröhlicher wurden sie, und die Kerkermeister warteten Tag für Tag, dass alle Aussatz bekämen. Sie blieben für sich. Kein Templer trat ihnen zu nahe, und die fünf, die unrein waren, hockten meistens an der Türe. Das Essen und Trinken wurde ihnen an die Tür gestellt. Eine andere Tür hatte einen Ausgang in den Hof, der mit einer hohen Wand abgegrenzt war. Wenn sie an etwas litten, so war es die Langeweile. Aber Naeme verstand es, die Leidenden zu beleben. Samuel sah sie kein einziges Mal, aber sie wusste, er war der Übeltäter, der das Elend aller auf dem Gewissen hatte.

Wie lange das Elend dauerte, wusste niemand; ein Tag war wie der andere. Es gab weder Sabbat noch eine Abwechslung, und in Naeme fing das Vertrauen zum Herrn zu schwinden an. Da wurden auf einmal mehrere krank, ein Fieber, das nicht weichen wollte, war es. Es gab keine Ausfälle, aber es machte Naeme lebendiger; nun hatte sie keine Zeit mehr über das Trübe und Schwere nachzudenken. Julius galt nur ein kurzes Gedenken. Die Not der anderen hob sie hoch, und alles Eigene verschwand bei und auch in ihr. Freundlich wurde auch ihr Kerkermeister. Eines Tages verriet er ihr, dass nun das Ende ihrer Isolierung gekommen sei und sie an einen anderen Herrn übergeben würden. Die einen freuten sich, die anderen trauerten. Naeme aber sagte: „Lasset es kommen, wie es will! Der Herr weiß um alles und wird alles zu einem guten Ende führen."

Richtig, am anderen Tage kamen Wagen und viele

Leute, auch einige Priester. Samuel sah Naeme nicht. Willig gingen die Leute in die Wagen. Es wurde ihnen angedroht, wenn sie nicht willig gingen, würde Gewalt angewendet werden. Die Männer für sich und die Frauen für sich. Freiwillig ging Naeme mit den Unreinen; sie wusste, dass ohne des Herrn Willen ihr nichts geschehen könne. Ohne viel Aufenthalt ging es weiter. Vom Wagen aus sahen sie, dass es den Jordan entlang ging. Gegen Mittag wurde gerastet, das Essen war gering. Und auf einmal wurden ihnen Hände und Füße gefesselt.

Naeme sieht nun ihren Bruder. Kein Wort sagt sie, aber in ihrem Herzen hat sie einen Schmerz, sie ist wie ausgeblutet. Sie wendet ihr Gesicht ab. Wie die anderen kommen und auch Naeme und die Kranken fesseln wollen, erschrecken sie und machen Samuel Vorwürfe, dass er die Unreinen mitnehme und gerade seine Schwester Naeme mit den Unreinen zusammen lässt.

„Es ist mein fester Wille, und dabei bleibt es!", ist sein Wort. Den anderen aber graut vor Samuel.

Weiter ging der Transport, weiter einem ungewissen Schicksal entgegen. Gebunden, die anderen an Händen und Füßen, Naeme an die Kranken. Durch ihre Liebe zieht eine Hoffnung in ihr Herz ein, und sie singt den Lieblingspsalm ihrer Mutter:

„Lobe den Herrn, der zu Zion wohnt, verkündigt unter allen Völkern Sein Tun, Er gedenket und fraget nach dem Blut der Armen. Herr, sei mir gnädig, siehe an mein Elend unter meinen Feinden, der du mich erhebst aus den Toren des Todes, auf dass ich erzähle allen deine Gnade und dass ich fröhlich sei über Deine Hilfe. Sela!"

Samuel, der in nächster Nähe auf einem Maultier ritt, schrie: „Aufhören, aufhören, sonst erkennst du die Peitsche!"

Naeme aber sang weiter, sie ließ sich nicht irre machen, sie wusste auch nicht, dass Samuel so schrie.

Da ritt Samuel an den Wagen und schrie: „Höre auf und treibe mich nicht zum Äußersten. Singe dein Totenlied, aber nicht das, was mich ärgert!"

„Das wird dir in deiner Tempelherrlichkeit doch keinen Schaden machen, Samuel, oder ist es auch schon so weit, dass du deine Mutter vergessen konntest? Samuel, Samuel, lasse umkehren, denn du gehst Schrecklichem entgegen! Bist du schon so verhärtet, dass dich ein Dankpsalm aus den Fugen bringt? Was wird erst mit dir geschehen, wenn du vor den Richterstuhl Gottes und seines Sohnes Jesus trittst? Dann kannst du nicht brüllen: ‚Aufhören!', wenn dir der Ruf Gottes ‚zu spät' in die Ohren dringt!"

„Schweige und störe mich nicht weiter! Nun mag sich erweisen, wer stärker ist: ich oder dein gekreuzigter Jesus!"

„Samuel, du hast den Stab über dich gebrochen! Nun werde ich dir nicht mehr Rede und Antwort geben, denn Jesus ist mir heilig!"

Naeme sieht ihren Bruder scharf an, schmiegt sich an die Kranken an und lässt Samuel gehen.

Der Lagerplatz war erreicht. Die Wagen fuhren zusammen, wie sie es vielleicht schon hundertmal getan hatten. Die Fesseln wurden den Gefangenen abgenommen, und sie lagerten sich in einem großen Kreis. Die Treiber versorgten ihre Tiere, und die Wächter liefen im Lager umher.

Da wurden Hufschläge gehört. Die Wächter schauen auf, da reiten wie der Sturmwind Römer in das Lager, springen von ihren Pferden und rasch sind die Wächter, ehe sie von ihren Waffen Gebrauch machen können, ihrer Waffen ledig.

„Wo ist der Führer dieser Karawane?" ruft Julius,

denn er war es, der diese Karawane stellte.

Da kam Samuel und fragte, wer nach ihm verlange. Samuel, frech dem Römer ins Gesicht schauend, sagte: „Mit welchem Recht entwaffnest du meine Leute? Seit wann überfallen die Römer friedliche Karawanen?"

„Mit dem Recht der Menschlichkeit! Wo ist deine Genehmigung, Menschen wie Ware zu transportieren?"

Sagte Samuel: „Wir sind Priester und bedürfen keiner Genehmigung laut verbrieftem Recht des Kaisers."

„So, Leute, ihr haftet mit eurem Kopf, dass er euch nicht durchgeht! Jetzt will ich erst einmal sehen, ob auch diese Menschen freiwillig mitgegangen sind. Finde ich nur einen oder eine, dann rechne ja nicht, dass ich Gnade vor Recht ergehen lasse.

Ich sagte dir einst: Hüte dich, dass ich dich nicht bei einer ungesetzlichen Tat erwische, denn dann wirst du die ganze Strenge des Gesetzes erfahren, und ich glaube, dies ist jetzt der Fall!"

Samuel konnte sich nicht wehren, so schnell war er gebunden. Da ging Julius auf den Kreis der Menschen zu, und die erste, die er sah, war Naeme. Er eilte auf sie zu, die vor Schreck umzufallen drohte, hob sie mit starken Armen empor und drückte sie an seine Brust und bedeckte ihren Mund mit heißen Küssen.

Naeme erwachte und sprach weinend: „Julius, was hast du getan? Du bist verloren! Du hast mich geküsst, wir sind unrein!"

„So sei im Namen Jesu rein und auch alle die, die unrein sind! Nein, nein, Naeme, nun bist du mir vom Herrn geschenkt! Ich lasse dich nicht mehr, bis du mein Weib geworden bist!"

Naeme lehnt sich fest an Julius, und erst jetzt sieht sie ihre Schwestern, sie sind wirklich gesund! Alles Unreine ist wie weggenommen!

Da sagt sie: „Samuel hat den Herrn herausgefordert, was ist mit ihm geschehen?"

Sagte Julius: „Sorge dich um diesen nicht. Das Gericht wird sich mit ihm befassen. Wir wollen einmal in unserer Freude die anderen nicht vergessen, sage allen laut, dass sie ihre Freiheit wieder haben! Ich aber will das Unliebsame erst noch bereinigen."

Die anderen Templer wären gerne geflohen, aber die Römer hatten ihre Augen überall.

Julius fragte die Templer: „Seid ihr freiwillig oder seid ihr befohlen? Redet frei und offen!"

„Herr", spricht einer, „wir stehen unter Zwang, lieber wären wir zu Hause geblieben!"

„Das ändert das Bild, wir werden später noch miteinander verhandeln. Nun möchte ich den Besitzer der Karawane sprechen!"

Schyba hatte ihn schon am Arm zu Julius gebracht und sagte: „Verfahre mit diesem nach dem Geiste des Herrn, denn er diente mir und auch dir."

Julius reichte dem Händler die Hand und spricht: „Lieber Freund! Du hast diesmal entschieden Pech. Weil ich aber umso größeres Glück habe, denn unter den Gefangenen ist meine Braut, möchte ich, dass dein Unglück zu deinem Glück ausschlägt. Möchtest du nicht diese Karawane an den Ort bringen, den ich wünsche? Deine Ware bringst du auch in Joppe unter gutem Preis an den Mann. Für deine Unkosten und den entsprechenden Verdienst werde ich garantieren."

„Gut, so sei es!" antwortet der Händler. „Als Römer darf ich deinen Worten trauen. Befiehl, und ich werde alles nach deinen Wünschen ausführen mit bestem Wissen und Gewissen."

„So ist es recht, lasse es an nichts fehlen! Ich hoffe mit dir gut auszukommen, und so sei dir auch gleich gesagt, ich bin gleich denen, die auf deinem Wagen Gefangene waren, ein Christ."

„Dann verstehe ich dein Vorgehen mit Samuel nicht, der gebunden ist, denn alle die Christen waren ruhig, still und ergeben, während du wie ein Rächer dastehst."

„Ja, ein Rächer, aber nur denen, die mit Mutwillen sich an dem Gesetze der Menschlichkeit vergingen, wie eben Samuel, der Priester. Aber sei deswegen unbesorgt, dem, der sein Vergehen bereut und sich bessern will, werde ich ein Freund und Helfer werden. Darum ist es mir lieb, dass du zu mir Vertrauen hast. Wir bleiben ja ungefähr acht Tage zusammen."

VIII. Julius als Künder der Liebe Jesu und die Bekehrung des Vespanus

An diesem Abend war ein wahrer Freudentag zum Abschluss gekommen. Als nun die Abendkost verteilt, alle Tiere versorgt und Samuel unter sicherer Verwahrung auf einen Wagen gebracht war, nahm Julius die Gelegenheit wahr, die herrliche Liebe des Meisters und Heilands Jesus zu schildern, wie er Ihn in Bethanien und auch in Joppe erlebte. Wie lauschte die Menge seinen Worten, wie tauten die Herzen nach dem erfahrenen Leid auf, und wie waren ihre Herzen voll Dankbarkeit, dass sie nun den Heiland ganz anders erlebten, als wie Er in ihnen gelebt hatte! Wie gerne hätte der eine oder der andere etwas gefragt, aber so frei waren sie noch nicht. Aber auch erschüttert waren sie von der Kunde, dass in Jerusalem die Hölle auf Erden los sei und keine Weltmacht ein Recht mehr habe, die Tempelherren in ihre Grenzen zurückzuweisen.

Julius sagte: „Naeme ist der letzte große Beweis dafür! Nicht einmal ihr Vater weiß davon, und dieser ist auch Priester. Nun werde ich euch aber den Meister der Liebe in einem anderen Lichte darstellen. Viele eurer Lieben haben Ihn gekannt, viele eurer Lieben haben vielleicht Segnungen Seiner Liebe erfahren, oder ihr als Kindlein seid gesegnet worden von Ihm! Alles dieses hat einen Eindruck Seiner Kraft, Macht und Größe in euch hervorgerufen, und das Bild Seiner Größe belebt euch immer und immer! Bei mir, wie auch bei Naeme, ist das Bild des herrlichen Heilandes ein anderes. Was wir als Größe, als Macht an Ihm erlebten, war aus Seiner Liebe, Seiner Demut, Seiner Hingabe geboren und wurde offenbar durch den Geist, der uns voll der lebendigsten Sehnsucht machte, Ihn auch zu sehen, zu erleben, die auch gestillt wurde! Ja, diese Sehnsucht ist gestillt, denn was wir von außen erhofften, ist uns geworden, geworden durch Seine Liebe, die in uns Eigentum wurde. Diese Liebe, welche Sein Leben in uns ist, will helfen, dienen und erfreuen. In dieser Liebe gebe ich dem Heiland Jesus die Kraft Seiner Liebe und die Größe Seines uns geoffenbarten Lebens zurück und werde selbst zu einem Quell Seiner lebendigen Liebe.

O meine lieben Freunde, Schwestern und Brüder! Ich kannte schon, ehe ich nach Jerusalem kam, Jehova durch das Gesetz und die Worte der Propheten. Es ließ mich kalt, obwohl ich manche Weisheit anerkennen musste. Als ich mit den Leuten in Bethanien zusammenkam, erfuhr ich ein anderes Leben. Meine Aufgabe war es, klar sehen zu sollen, denn in meinem Elternhaus lebte man auch getreu unseren Göttern. Wie schulte mich das Leben, wie bewegte mich das Übel und das Leid, und unsere Priester waren gefühllos! Gerade so gefühllos wie ich es an den jüdischen Priestern erlebte. – Und nun in Bethanien das Gegenteil! Das

Leid schloss ihre Herzen immer mehr und mehr auf. Der Geist des herrlichen Meisters Jesus führte sie alle in noch tiefere Tiefen der ewigen Gottheit, und sie wurden sich der hohen Stellung bewusst, in die sie durch die große Heilandsliebe gehoben wurden. Wie arm war ich vordem, wie reich sind wir jetzt! Wie reich seid ihr, dass ihr durch die Führungen Seiner Liebe eure Stellung zu Jesus nun erkennen dürft, denn nicht ich konnte euch befreien, sondern Er war es! Ich war nur das Werkzeug Seiner Liebe, Gnade und Erbarmung.

Nun treten wir hinaus in das Leben! Ganz frei sind wir durch die Gnade gestellt, nicht einmal zu danken verpflichtet Er uns. Darum soll unser Leben ein Danken, ein Freuen, ein Dienen und ein Hingeben sein, das in erster Linie den Herrn und Heiland Jesus erfreut und durch Ihn alle Menschen! So lasset diesen Abend zu einem Erleben werden, wodurch ihr alle auch den Herrn so erkennt, dass Er in euch alles und durch euch alles bewirkt und Er sagen wird: Meine Geliebten! In dieser eurer Liebe bin Ich bei euch immer und allezeit! Amen!"

Julius schwieg. In seinem Herzen leuchtete ein Strahl. Er nahm Naeme an seine Brust und sagte zu ihr: „In diesem Geiste wollen wir eins sein und nur einen Wunsch zu verkörpern suchen, dass nur Jesus und wieder Jesus unsere Liebe bleibt!"

Am frühen Morgen hatte Julius das Protokoll und eine Abschrift angefertigt und einen Unterführer mit drei Mann bestimmt, die Samuel an ein römisches Gericht auszuliefern hatten.

Zuvor machte er noch einen letzten Versuch, Samuel zu einer Umkehr zu bewegen, der aber völlig ergebnislos war. Er schloss mit den Worten: „So gehe deinem Elend entgegen, das über dich die größten Schrecken bringen wird, denn in mir gab dir Jesus, der dir verhasste Nazarener, zum letzten Mal die Hand zur Rettung. Und nun sage ich dir: Es kommt noch einmal die Zeit, wo Tränen und wieder Tränen dein inneres Feuer und Brennen nicht auslöschen können, und Qual und Pein wird immer und immer wieder dein verkehrtes Leben vor deine Augen stellen."

Samuel aber zischte wutentbrannt: „Nie und nimmer werde ich ein anderer werden! Ich werde bleiben was ich bin, ein Verächter Seines Namens und Seines Geistes!"

Naeme war traurig, dass ihr Bruder in seinem Hass blieb, aber Julius musste versprechen, alles zu tun, um die Strafe milde ausfallen zu lassen.

Wie schön gestaltete sich nun die Reise! Der Karawanenbesitzer erkannte nun auch den Wert der Menschen, denen man Achtung zollen musste, und die Botschaft des Heilandes Jesus betrachtete er nun nicht mehr als Märchen. Er wurde immer ruhiger und hungriger nach der Wahrheit um Jesus. Dann schilderte der Händler seine Erfahrungen, was eine Weile dauerte.

Julius wunderte sich, was alles in der Welt für Geschichten um Jesu Namen kursierten. Denn neben der reinen Liebe Jesu war noch ein Giftsame aufgegangen, der alles Gute zu verschlingen drohte, und Julius nahm sich vor, wachsam zu sein und nur im Geiste des Verstehens die Irrenden in die Wahrheit des ewigen Lebens aus Gott zu führen.

In Joppe wurde die Karawane von Vespanus eingeholt, den Julius durch Eilkuriere verständigen ließ. Auch Martha von Bethanien war im Gefolge des Vaters von Julius. Naeme erfuhr nun eine Liebe, die sich an Bethanien anlehnte. Immer und immer glaubte sie zu träumen. Aber Julius bewies immer wieder, dass es nur die ewige Liebe sei, die alles so in lebendiger Liebe gestaltet. –

So kam der Hochzeitstag heran. Martha war nun ganz Mutter. Mit einer himmlischen Liebe schmückte sie Naeme, und als Julius seine Braut sah, war es ihm, als wenn die Gestalt Jesu ihm Naeme zuführte. Er wagte kaum zu atmen, um dieses Bild nicht zu zerstören.

Da sagte Martha: „Julius, als Vertreterin der hohen Heilandsliebe bringe ich dir Naeme, die die Ewige Liebe für dich zubereitete, auf dass du mit ihr an Seiner Stelle Ihn vertreten kannst und ersetzen nach dem Zug deiner Liebe in Ihm."

Nach der Trauung, die ganz im römischen Ritus stattfand, war eine Feier, wie sie die damalige Welt feierte. Am anderen Tage fanden sich die Freunde im Hause des Julius ein, welches Vespanus eingerichtet hatte und vorläufig von Naeme und Martha bewohnt werden sollte, bis die Zukunft geklärt sei. An diesem Tage erlebten die Freunde Julius als Künder der großen Heilandsliebe und Vertreter der Gotteswahrheit, wie sie es noch nie erlebt hatten. So schuf Julius allen ein Erlebnis, welches für alle richtungsgebend in ihrem Leben war.

Nicht genug, dass Martha schon die Herzen lebendig gemacht hatte, so wurde an diesem Tage eine Glut geschürt, die alle Herzen heiß machte.

Martha, in ihrer alten, treuen, dienenden Art ganz Mutter, ließ es sich nicht nehmen, alle zu bedienen und zu betreuen. Was sie an Wünschen an den Augen ablesen konnte, erfüllte sie. Naeme kam gar nicht dazu, Hausfrauenpflichten zu vertreten, denn Martha kam ihr in allem zuvor.

Der alte Vespanus wusste nicht, wie ihm geschah! Solche Liebe hatte er noch nicht erlebt. Er sagte zu

Julius: „Mein Sohn, weißt du auch, welch ein lieblich Los dich getroffen hat? Du hast nicht nur ein liebliches Weib, sondern auch eine Mutter bekommen, die alle Mütter in den Schatten stellt."

„Ich weiß, Vater, aber es ist kein Kunststück mit solcher Hilfe!"

„Wieso, Julius?"

„Nun, weil ja Jesus und wieder Jesus der Treibende und auch Ausführende ist. In Bethanien wurden Hunderte mit solcher Liebe betreut. Es gab nicht einen, der da im Geringsten zurückgestellt wurde, gleich ob er als Feind oder Freund kam."

„Nicht möglich, Julius, das ist mir ein Rätsel!"

„Mir war es auch die erste Zeit ein Rätsel. Als ich aber länger mit allen bekannt war und in allem den Herrn des Hauses erkennen musste als ein Vorbild für alle Menschen, da, Vater, musste ich fragen, wie all dieses möglich sei. Das sind ja Opfer über Opfer!

‚Mitnichten', sprach da Lazarus, ‚das Opfer war nur einmalig und betraf mich ganz allein; ich musste in mir alles überwinden, was mich abhalten wollte, den Geist walten zu lassen, der ja keine Feinde, sondern nur Freunde kennt.

Jesus, der mir in allem Vorbild war, sagte einmal: ‚Mein Bruder, werde ganz Liebe, und dann dient dir auch die Liebe!' Nie habe ich gefragt, ob die Liebe, einem Unwürdigen geschenkt, etwas Verlorenes sei. Ich hatte die Überzeugung, je mehr ich im Geiste der Liebe diene, umso herrlicher sehe ich das Bild meines Heilands Jesus, dem ich allen Besitz und Segen danke!'"

Vespanus sagte darauf: „Mein Julius, noch länger darüber zu reden wäre Verschwendung! Ich habe genug an Martha, an dir und Naeme erlebt. Ich wollte, ich könnte auch wie Lazarus sagen: Mein Heiland, dem ich alles danke!"

Sprach Julius: „Vater, du kannst es und darfst es, denn Jesus ist nicht mehr ein Mensch wie wir, sondern ein Mensch in höchster Vollkommenheit, alles Menschliche starb am Kreuze! Hervor ging in strahlendem Leuchten Sein Geist, der alles in Seiner Seele Lebende vergeistigte, um einen Himmel zu erschaffen durch die Kraft und Macht der Liebe aus Jesus! Nicht Jesus ist der Erbauer und Schöpfer deines in dir erstehenden Himmels, sondern Sein Geist regt unseren Geist an, in der Liebe zu wachsen und auszureifen, damit er uns zu einem Inhalt werde, ohne den unser Leben kein Leben, sondern ein Sterben wäre."

Vespanus erwidert: „Mein Sohn, so habe ich dich noch nie gehört. Mir ist dieses zu hoch, und doch fühle ich, du hast recht. Nicht das Geringste könnte ich einwenden, nur vertreten kann ich es noch nicht. Was du mir von Jesus erzählst, glaube ich doch unbedingt. Was du aber von dir erzähltest, geht mir zu weit, denn ohne Jesus habe ich bis zur Stunde gelebt, und ich könnte nicht sagen, dass mein Leben ein Sterben war!"

„Vater, unser Leben war ein Sterben, ein Absterben vom Göttlichen. Jetzt, wo ich weiß, was Leben ist und Leben bedeutet, kann ich dieses sagen. Unser Leib wird auch sterben, da er ein Bestandteil dessen ist, was sterben muss. Aber unsere Seele lebt erst auf, wenn sie von Göttlichem durchflutet wird, und Göttliches kann nur von Göttlichem kommen. Was wussten wir vom Leben? Nichts! Was wussten wir von unserer Seele? Nichts! Wir wussten nur, dass wir sterben müssen, und damit war unsere Weisheit zu Ende. Heute weiß ich, was Leben ist, was das Leben mir kündet und dass ich ewig leben werde im Geiste des herrlichen Meisters der Liebe und des Lebens!"

Vespanus sprach: „Julius, was war es, das dich so bewusst und überzeugend gemacht hat? Auch ich kenne die Lehre des Heilandes Jesus! Seine Taten stehen himmelhoch über allem Dagewesenen, aber deswegen kann ich nicht sagen, ich werde ewig leben!"

„O Vater! Des Heilandes Liebe, so man sie nicht erlebt hat, ist kein Beweis; aber nicht nur einmal, fast immerwährend erlebe ich sie. Gerade als ich Naeme an meine Brust ziehen wollte, sprach sie: ‚Julius, nicht berühren, wir sind unrein!' Was tat ich? Ich sagte im festen Vertrauen: ‚So seid in Jesu Namen rein!' Und was erlebten wir? Sie wurden alle rein! Dort sitzen die Gereinigten. Frage sie, wie lange sie unrein waren. Und das vermochte die herrliche Heilandsliebe! Sie wurden nicht nur rein, sondern haben auch das ewige Leben überkommen."

„Julius, Julius, du bist nicht mehr wieder zu erkennen! Nun habe ich wirklich den Wunsch, auch einmal diese Heilandsliebe zu erleben!"

Eine Gereinigte kam an den Tisch des Vespanus und sagte: „Auch wenn du den Wunsch nicht geäußert hättest, hätte ich dies sagen müssen: Durch die Gnade des Herrn darf ich Wesen schauen, die nicht mehr im Fleische sind. Heute, am Ehrentage unserer Naeme, die in der Gefangenschaft unser guter Engel war, soll auch sie erfahren, wie wunderbar die Heilandsliebe sorgt und erfreuen will, nicht nur uns Menschen, die wir glauben, sondern auch die Lieben, die in heißer Liebe an uns hängen.

Zwei Frauen sind in unsere Mitte getreten. Die eine ist deine Mutter, Naeme; sie trägt ein weißes Kleid, aber noch einen schwarzen Gürtel, damit ist der Schmerz um ihren Sohn ausgedrückt. Die andere ist deine Mutter, Julius, und dein Weib, hoher Herr. Ihre Augen strahlen vor Freude, und ihr Mund spricht Worte, die ich nicht verstehen kann. Beide Frauen segnen euch, ihr Lieben. Und auf unseren Tisch haben sie einen Strauß der allerherrlichsten Blumen getan. Jetzt tritt deine Mutter an dich, Julius, und nimmt deine Hand; lasse ihr dieselbe und lege sie deinem Vater auf das Haupt."

Julius tat nach dem Zuge, den er verspürte. Er legte seinem Vater nicht nur eine, sondern alle beiden Hände auf das Haupt.

Da sagte Vespanus: „Bist du es wirklich, Arabella? Ja, du bist es. Ich sehe dir in deine treuen Augen, die ja viel heller als sonst strahlen. O, jetzt höre ich dich auch; immer noch der liebe Ton, der mir so gut gefiel an dir. Du freust dich über das Geschenk der Gottesliebe für Julius; meinst du Naeme? Da gehen unsere Freuden ineinander! O Arabella, warum musstest du so früh von mir gehen? Ich brauche dich doch noch. Du sagst: ‚Nein, denn der Heiland will mich ersetzen und dir noch ein größeres Glück geben.'

Das gibt es aber nicht, denn du warst mein Glück! Du schüttelst mit dem Kopf und sprichst: ‚Das größte Glück hat der, der in sich den herrlichen Heiland aufgenommen hat, wie diese da, die aus der Feuerprobe kamen! Ich soll euch allen sagen, dass der gute Vater Jesus euch allen herzlichst danken will, weil ihr trotz Angst, Kummer und Pein Ihm die Treue gehalten habt. Kronen hält Er für euch bereit, und für euer ferneres Leben will Er besorgt sein, wie es eine Mutter nicht besser kann. Du, lieber Julius, sollst auf dem harten Weg, den du jetzt beschreiten musst, in heiliger Pflichterfüllung und in Liebe und Treue zu allen Menschen immer die liebende Hand deines ewigen Vaters fühlen. Und in der Hoffnung auf größere Gnaden Samuel nicht aufgeben, damit seine Mutter einen weißen oder gelben Gürtel tragen kann. Öffnet eure Herzen denn nun soll auch für alle, wenn das Auge geschlossen ist, der selige Augenblick kommen, wo euch der Heiland Jesus sichtbar wird.' "

Die Gnade war vorüber. Vespanus wollte allen sagen, dass das Bild vorüber sei, da sahen alle den Herrn, wie Er mit beiden Händen segnend immer näher kommt. Er tritt an Julius und Naeme heran und spricht allen verständlich: „Auch Ich will nicht fehlen und Meiner Liebe den sichtbaren Ausdruck geben! Du, Julius, hast das Geschenk Meiner Liebe in deine Obhut genommen, und du, Naeme, halte fest mit der ganzen Kraft deiner Liebe, was Ich dir zum Beweise Meiner Liebe und Treue schenke. Seid eins im Wollen und Können! Seid eines im Dienen und Beglücken! Was ihr beide in Meinem Geiste tut, wird sein, als hätte Ich es getan. Die ihr befreit, werden befreit sein! Und die ihr in euch aufgenommen habt, werde Ich ansehen, als hätte Ich sie aufgenommen. So nehmet Meine Liebe in euch auf und ermöglicht Mir in eurer Liebe in euch, dass Ich euch dienen kann als euer Heiland, Freund und Bruder! Nehmet hin Meinen Vatersegen und verbleibet in Mir, damit Ich in euch verbleiben kann! Amen!"

Langsam verschwand der Herr vor ihren Augen, aber fühlbar war Er noch in ihrer Mitte. Da sagte Martha: „Ihr geliebten Lieben! Ganz genau so, wie Er lebte und unter uns sprach, so erlebte ich Ihn auch jetzt in dieser heiligen Stunde. Wollt ihr noch mehr Beweise Seiner Liebe? Er wird euch für alle Ewigkeiten Liebe bleiben. Dies ist mein festes Bewusstsein, und dadurch kann ich immer wieder anderen Glück bereiten."

Vespanus sagte: „Kinder sind wir in Seinen Augen, uns aber will Er Heiland, Freund und Bruder sein! Dies ist viel, sehr viel! Was muss das für ein Mensch gewesen sein! Diese Liebe mir anzueignen soll mein oberstes Gebot sein, und du, Naeme, wirst mit mir viel Geduld haben müssen!"

„Liebster Vater, deine Naeme brauchst du nicht zu bitten! Sie wird sich die größte Mühe geben, damit du recht bald in dem Leben erstehst, das dich zum freudigen und freien Gotteskinde macht!"

Wie glücklich waren alle! Selig waren sie, von der Liebe gewürdigt und als Kind angenommen zu sein. So gingen alle mit heißem, dankbarem Herzen auseinander und blieben im Geiste doch verbunden.

Nur sieben Tage schenkte Vespanus den Neuvermählten, dann ging es ans Scheiden. Kuriere gingen und kamen. Die Heere marschierten nach Judäa. Naeme, die Soldatenfrau, war standhaft, und in ihrem Herzen war die frohe Hoffnung auf ein Wiedersehen. Hätte sie gewusst, wie lange es bis zum Wiedersehen dauern würde, hätten ihre Augen nicht so geleuchtet. Nach einem innigen Kuss und einem langen Winken entschwand Julius ihren Augen, und voll seliger Hoffnung betrat sie ihr Haus. Martha war im Hause geblieben, dort konnte sie ungestörter segnen; dann sagte sie zu Naeme: „Kindchen, nun werden wir recht lange allein sein und uns recht üben können in der Geduld. Nur äußerlich wird die Trennung sein, für das andere sorgt der Meister."

IX. Elis letzte Lebenszeit und Tod
Zerstörung des Tempels

Eli ist erstaunt, dass ihn einmal ein junger Priester besucht. Lange ist es her, seit er besucht wurde; man mied ihn, und dieses war Samuels Werk.

„Eli, ich komme, um dir Schmerz zu bereiten, denn eine traurige Botschaft muss ich dir unterbreiten."

„Lieber Josef! Was kannst du mir Trauriges sagen? In mir ist alles traurig, seit mein Weib zu ihren Vätern gegangen ist. Wie glücklich wäre ich, wenn ich auch zu meinen Vätern gehen könnte! Naeme ist weit weg, und Samuel geht seine eigenen Wege."

„Eli, ich will dir etwas erzählen: Als deine Tochter Naeme von Bethanien nach Joppe unterwegs war, hat Samuel, dein Sohn, deine Tochter Naeme abgefangen und in die Herberge der Verlassenen zu den Unreinen gebracht. Eine lange Zeit war sie dort. Dann wurden alle Nazarener im Wagen durch eine Karawane abtransportiert, Samuel war der Anführer. Deine Tochter benahm sich die ganze Zeit heldenhaft. Nie kam ein klagender Ton von ihren Lippen, sie war der gute Engel aller Gefangenen. An dem Tag, an dem wir fortfuhren und das erste Mal lagerten, wurden wir alle von einem Trupp Römer unter dem Hauptmann Julius, der deiner Tochter Mann ist, gefangen genommen. Ich und der andere Priester konnten gehen, da wir nachweisen konnten, dass wir unter Zwang handelten. Samuel aber wurde einem römischen Gericht überliefert. –

Was deinen Sohn erwartet, wissen wir nicht, aber das wissen wir, dass sich der Römer die größte Mühe gab, um Samuel von seinen blinden Begriffen abzubringen. Samuel wurde sogar sehr frech, und so ist sein Schicksal besiegelt."

„Josef, es ist so gekommen, wie ich es ihm voraussagte. Ich habe für ihn keine Träne mehr. An allem ist ja Samuel schuld. Wie fandst du Naeme? Ist sie noch gesund, wenn sie sich so lange bei den Unreinen befand?"

„Lieber Eli, das war ja das Wunder! Samuel wollte alle zu Unreinen machen, aber es blieben nur die unrein, die unrein waren! Als der Römer alle befreite, war es das erste, er machte die Kranken im Namen Jesu gesund. Hast du schon einmal gehört, dass ein Römer, ein Heide, Kranke, und noch dazu Aussätzige gesund machen konnte? Ich noch nicht. Der Hohepriester wird Augen machen, wenn ich ihm die Sache schildere, wie ich sie dir jetzt berichtete."

„Josef, willst du mir eine Bitte erfüllen? Es hängt dein ganzes Lebensglück davon ab. Lasse ab vom Tempel! Gehe irgendwohin, wo du deine Priesterherrlichkeit ablegen und ein anderes Leben anfangen kannst. Samuel kommt nicht mehr wieder. Lasse den Tempel in dem Glauben, dass auch du ein Opfer geworden bist. Du weißt, wie gerne ich vom Tempel wegginge; wie einen Verbrecher hält man mich fest, weil ich zu viel weiß. Wenn du nur einen Bruchteil von all dem wüsstest, du wärest nicht wieder zurückgekehrt. Wiederum ist die Heilung durch den Römer der Beweis für dich, dass Jesus doch lebt und auch leben wird, trotz des Tempels und seiner Gehässigkeiten. Auch ich habe die Lehre des Nazareners angenommen und tue meinen Dienst im Tempel in Jesu Namen.

Wie verfehlt war unser Leben! Wie töricht von uns, dass wir unser Leben in Unfrieden und Hass verbrachten! Was wir versäumt haben, lässt sich nicht wieder einholen; was du aber verkehrt gemacht hast, kannst du nun richtig machen. Übrigens wird der Tempel seine letzten Tage bald erleben. Die Frucht ist überreif. Die Worte Jesu werden in Erfüllung gehen, dass kein Stein auf dem anderen bleiben werde!"

„Eli, glaubst du wirklich, dass der Tempel vernichtet werden wird? Es kann doch nicht der Wille Jehovas sein?"

„Jehova wird es nicht wollen. Aber die Handlungsweise der Priester ist so, dass nicht mehr Jehova, sondern Sein Widersacher im Hause des Herrn lebt! Darum rette dich zu deinem Heil! Um mich geht es nicht, ich habe zu viel gutzumachen und werde mit dem Tempel untergehen!"

„Eli, du tust, als wenn das alles beschlossene Sache wäre; ich kann es nicht glauben!"

„Glaube hin oder her, handle als kluger Mensch und rette deine Seele. Es ist nichts Göttliches mehr im Hause des Herrn!"

„Eli, ich werde mir alles reiflich überlegen. Du wirst gar nicht so unrecht haben, denn Samuel hat uns zuviel Böses vorgelebt!"

„Lasse Samuel, sein Leben hat er sich selbst vergiftet und das tausend anderer mit. Was habe ich ihn gebeten! Nun ist es soweit, wie ich ihm gesagt habe. Welch herrliches Leben könnten wir leben unter römischem Schutz, und darum sei mein Wort an dich: Werde ein Römer! Sie nehmen einen jeden, der es ehrlich meint und etwas zu leisten vermag. Du hast doch eine gute Schule, also gehe und handle! Gott mir dir!"

Als Eli allein war, kam ihm noch einmal alles in den Sinn. Samuel hatte Naeme abgefangen, Tage zuvor hatte sie ihn gebeten mitzukommen. „O wäre ich doch mitgegangen! In ihrer Liebesart wäre mir meine müde und wunde Seele doch noch heil geworden. O Samuel, jetzt bricht die Not über dich herein, weil du so viel Not über andere gebracht hast. Und doch bin ich der Schuldige, ich habe ihn ja so erzogen! Naeme aber öffnete mir und Hanna die Augen, und so konnten wir die rettende Hand Jesu ergreifen. O Jesus! Du bist nicht zu begreifen in deiner Liebe und bist in allem der Rechte! O lasse mich dich mehr und mehr erkennen und gutmachen meine Fehler und Sünden!"

Julius zwang sich zur Ruhe. Nicht genug konnte er sich umwenden nach dem, was ihn so anzog. Die Pflicht über alles - das war sein Wort. So musste er seinen Leuten Vorbild sein, und er fühlte in sich die Kraft, die von dem Meister der Liebe ausging, und noch einmal dankte er für das Glück, das er erleben durfte. Er war aber nun ganz Soldat. Auf dem Weg nach Jericho erreichte ihn ein Kurier, der ihn zur Gerichtsverhandlung einlud. In Jericho waren große Veränderungen vorgegangen. Große Verstärkungen waren eingetroffen. Eine Legion war im Anmarsch, um einen Kreis um Jerusalem zu ziehen.

Die Gerichtsverhandlung brachte die ganzen Schlechtigkeiten des Tempels an den Tag. Denn Samuel wälzte die ganze Schuld auf den Tempel. Es half aber alles nichts, der Tod war ihm sicher. Julius aber bewegte das Gericht so weit, dass die Strafe in zehn Jahre Galeeren umgewandelt wurde. Eine Aussprache mit Samuel konnte nicht mehr stattfinden, da Samuel ablehnte.

Nach Monaten war der Ring um Jerusalem gezogen. Die Juden, die sich zur Wehr stellten, wurden Schritt um Schritt zurückgeschlagen. Das siegreiche Vordringen der Römer war nicht mehr aufzuhalten. Julius war mehr als einmal in größter Lebensgefahr. Doch bald waren einige Tore frei, die in das Stadtinnere führten. Es wurde Befehl gegeben, den Tempel zu schonen; aber die Kämpfe waren so erbittert, dass der Tempel doch in Mitleidenschaft gezogen wurde. An allen Stellen brannte es. Julius, der gerade dort kämpfend weilte, ordnete Löscharbeiten an. Mit allen Mitteln wollte er das herrliche Gebäude erhalten, aber die Wut des Feuers war zu groß und zu gewaltig, sodass er wenigstens Menschenleben retten wollte.

An einem Altar weilte noch ein Priester, ein brennender Balken hatte ihn schwer verletzt, zusammengebrochen lag er am Boden. Julius bemerkte es und eilte rasch zu Hilfe, hob ihn auf und trug ihn aus dem Feuerherd heraus, wo noch der Kampf tobte. Jetzt erkannte er den Priester, es war Eli, Naemes Vater. Er trug ihn aus dem Kampfgewühl heraus und wollte die Wunden untersuchen.

Da öffnete Eli die Augen und erkannte Julius und sprach: „Mein Sohn, jetzt machst du alles gut, was ich versäumte. Ich weiß, ich muss sterben; lasse mich nicht allein in meiner letzten Stunde!"

„Vater", sprach Julius, „sorge dich um nichts! Jesus, der Heiland, macht alles gut, und in Seinem Namen sage ich dir: Er sah deine Reue, deinen guten Willen, um gutzumachen. Er hat auch dich angenommen und so gehe getrost mit Ihm hinüber in Sein Reich! Seine Liebe will auch dich!"

„Was macht Naeme?" flüsterten seine Lippen, „Naeme, du liebe du!"

„Sie ist mein Weib und weit von hier, wo es keine Schrecken des Krieges gibt und ist glücklich mit Martha!"

„Dank, tausend Dank, mein Sohn! Nun gehe ich gerne. Hanna winkt, Hanna, Hanna, ich komme!" –

Verschieden war Eli. Julius konnte sich nicht um den Toten kümmern; aber eine Rolle nahm er ihm ab, es war die Aufzeichnung des Johannes, die aus seinem Gewand ragte. Einen Soldaten rief er zu sich und gab ihm Befehl, den toten Priester, der sein Schwiegervater sei, an eine ruhige Stelle zu tragen und ihm dann die Stelle zu bezeichnen, damit er ihn später beerdigen könne. Dann eilte er wieder in das Kampfgewühl. Am anderen Tage konnte er für die Beerdigung des Eli Sorge tragen. Leicht war ihm, als das traurige Amt erledigt war.

X. Samuels Ende

Wenn Julius hoffte, dass der Krieg bald zu Ende sein werde, so wurde seine Hoffnung auf eine harte Probe gestellt. Fast zwei Jahre war er in Judäa gebunden, erst dann kam Befehl, sich vom Hafen Cäsarea aus nach Tyrus einzuschiffen. Sein Vater ließ ihm mitteilen, dass er in Tyrus bleiben würde, wo Naeme und Martha ihn erwarten werden. – Mit welcher Sehnsucht zog es ihn zu Naeme!

Naeme war auf Veranlassung ihres Schwiegervaters nach Tyrus übergesiedelt. Vespanus stellte das Schiff und veranlasste, dass für seinen Sohn eine ganz seiner Würde entsprechende Wohnung eingerichtet wurde. Mit aller Liebe und Fürsorge wurde Naeme behandelt und betreut, denn sie sah ihrer Niederkunft entgegen. Als alles in Tyrus zur größten Zufriedenheit geregelt war, dauerte es nur noch wenige Wochen, und Naeme gebar ihren ersten Sohn, der den Namen des Vaters Alexander Julius erhielt.

Viele lernten inzwischen Martha und Naeme kennen; es entwickelte sich ein reger Verkehr. Martha in ihrer dienenden Liebe war die Seele des Ganzen, und eine große Gemeinde entstand in Tyrus. Hohe Würdenträger gingen bei Martha und Naeme ein und aus, ja, Naeme nannte ihr Heim: Neu-Bethanien!

Lange bevor das Heimkommen des Julius bekannt wurde, weilte Vespanus bei seiner Tochter Naeme und bei Mutter Martha, wie er sie nannte. Es waren ihm Stunden herzlicher Liebe und Ruhe, die er genoss. Und immer näher kam er dem Herrn und Meister, den er göttlich verehrte. Die Liebe zu Ihm war nur ein langsames Glimmen; daran war eben der Krieg schuld, der nach außen sein Herz so verhärtete.

Martha, ihn mit Liebe umgebend, sagte: „Bruder, in

einem heiligen Feuerbrand muss dein Herz erglühen! Nicht das ist Liebe zu Ihm, so du dich nach Seiner Person sehnst, sondern dass deine Augen an deinen Mitmenschen keine Schatten mehr sehen. Ich weiß, dass das für dich das Allerschwerste sein wird, denn eure Ehrbegriffe sind auf Gerechtigkeit aufgebaut. Stelle dich ganz auf Liebe ein, und deine Ehre wird mit einem viel herrlicheren Lichte bestrahlt. Säe Liebe, und du wirst erstaunt sein, welche Ernte du erlebst. Streue Samen auch dort, wo du gefürchtet wirst, im Geiste unseres Liebemeisters, und du wirst Freude über Freude erleben, was du für Freunde gewinnen wirst, und dieses alles mit Jesus!"

Vespanus lächelte und sagte: „Keinen besseren Vertreter konnte Jesus gewinnen als dich. Denn wahrlich, jedes Wort fällt auf fruchtbaren Boden. Ich bin nur neugierig, wie Julius zu seinem Jesus steht, denn wahrlich, an diesem Siege hat er großen Anteil."

Martha sagte: „Bruder Julius wird derselbe noch sein. Ich fühle seine Liebe und seine Gedanken, sie sind immer bei uns."

Eine ganze Flotte war in Cäsarea zusammengezogen, um die Soldaten nach ihrer neuen Garnison zu schaffen. Hauptmann Julius befand sich mit auf dem Flaggschiff. Sich für alles interessierend, ging er auch in den Ruderraum. An die sechzig Ruderer waren mit Ketten an die Bänke angeschlossen, es waren Galeerensträflinge. Als er durchgeht, sieht er Samuel beim Rudern, das Bein an die Kette geschlossen. Er geht zum Schiffshauptmann und bittet um eine Unterredung mit dem Gefesselten, sie wird ihm gewährt. Samuel wird zu Julius geführt, und Julius fragt ihn, wie er jetzt über sein Leben denke und ob er Reue über sein verfehltes Leben habe.

„Dein Vater ist tot. Im Tempel ist er gestorben. Einen Tempel zu Jerusalem gibt es nicht mehr. Jesu Worte sind in Erfüllung gegangen! Kein Stein ist auf dem anderen geblieben."

„Was habe ich mit dir zu schaffen? Du bist der Zerstörer meines Lebens. Du hast Naeme vergiftet mit einer Liebe, die der Nazarener aus der Hölle zu euch brachte. Ich will lieber tot sein, als länger mit euch zu verkehren."

Julius spricht: „Samuel, das letzte Mal richte ich an dich die Bitte: Kehre um und wirf das Vergangene weit hinter dich. Ich will mich für deine Begnadigung einsetzen, weil du mein Schwager bist."

Samuel aber spricht: „Nie und nimmer werde ich mit euch gehen, ihr Verräter an Jehova! Dieses ist mein letztes Wort."

Julius ließ Samuel stehen. Er gab dem Wärter einen Wink, den Gefangenen wieder hinunter an das Ruder zu führen. Es tat ihm weh, um Naemes willen. Trotzdem setzte er sich dafür ein, dass Samuel nicht mehr an die Kette geschlossen wurde und einige Freiheiten erhielt.

Wie aber dankte es Samuel? Er hetzte und schürte gegen die Römer und brachte es so weit, dass einige meuterten. Samuel als der Anstifter wurde zum Tode verurteilt, die anderen zu lebenslänglichen Galeerenstrafen. Julius war erschüttert. Er machte sich Vorwürfe, da Samuel die erhaltenen Erleichterungen missbrauchte.

Aber der Schiffshauptmann sagte: „Mein Freund, schade um jeden guten Gedanken, den du an diesen Menschen verschwendest! Deine Liebe war für ihn Schwäche. Hättest du die Peitsche genommen und ihn solange geprügelt, bis er sich vor Schmerz nicht mehr krümmen konnte, hätte er sich vielleicht geduckt und wäre zu Kreuze gekrochen. Du wirst es erleben, in seinem Todeskampf wird er dir noch immer fluchen."

„Wann wird das Urteil vollzogen werden?" fragte Julius.

„Morgen früh bei Sonnenaufgang wird er an der Rahe mit den Füßen nach oben gezogen, die Hände auf den Rücken gebunden. Oder hast du andere Pläne mit ihm? Ich lasse auch ein Kreuz errichten, wenn du es willst."

„Nein, nein, ich werde den ganzen Tag nicht aus der Kabine kommen, bis alles vorüber ist. Wenn ich eine Bitte hätte, dann lasse ihn nicht zu lange leiden."

„Julius, ich achte deine erbarmende Liebe, aber es muss laut Beschluss des Gerichts ein abschreckendes Beispiel gegeben werden. Vielleicht finde ich noch einen Ausweg, um dir zu dienen."

Beim Morgengrauen wurden alle Gefangenen an Deck gebracht. Julius war nicht zu bewegen, nach oben zu kommen. Samuel, gebunden, war streng bewacht. Der Richter verkündete noch einmal das Urteil; dann mussten die Sträflinge mit langen Stricken Samuel an den Füßen nach oben ziehen. Einige Sträflinge mussten den in der Luft schwebenden Samuel so weit hinaus befestigen, dass er zwischen Himmel und Wasser hing. Den ganzen Tag mussten die Sträflinge abwechselnd dies ansehen. Auch gab es an diesem Tag nichts zu essen, weil sie nicht meldeten, dass Samuel sie aufhetzen wollte.

Samuel war zuerst ruhig, er hoffte doch noch auf eine Begnadigung. Als er aber Julius nicht mehr zu sehen bekam, wurde er unruhig. Schnell hatten ihn seine Mitgefangenen in die Höhe gezogen. Als er aber hinaus über das Wasser geschoben wurde, bat er: „Lasst mich ins Wasser fallen." Es war nicht mehr möglich, denn die Soldaten waren geschult, und hintergehen ließen sie sich nicht. Bei den Gefangenen war eine starke Bewachung. Samuel schrie aus allen ihm zu Gebote stehenden Kräften, aber niemand rührte sich. Gegen Mittag, als die Sonne unbarmherzig herabbrannte, wurde er ruhiger, nur stöhnen hörte man ihn noch. Es sah aus, als wenn er tot wäre, doch von Zeit zu Zeit bewegte er sich noch. Eine wohltuende Ohnmacht nahm ihm die Sinne.

Da wurden die Gefangenen wieder nach unten gebracht, und ein Unterführer ließ schwere Steine nach oben schaffen. Die Mannschaften mussten antreten und mit den schweren Steinen Zielübungen nach dem hängenden Menschen machen. Ein guter Wurf traf ihn bald am Kopf, aus einer breiten Wunde sickerte das Blut. Nun feuerte der Unterführer seine Leute an, besser zu treffen, damit er und sie von dem Übel erlöst würden. Da hagelten nur so die Steine an den Körper, und alles Leben schien zu Ende zu sein. Der Unterführer meldete seinem Hauptmann den Tod des Gerichteten, er kam und besah die blutige Leiche. Dann gab er Befehl sie abzuschneiden und ins Wasser fallen zu lassen. In kurzer Zeit war Samuel nicht mehr zu sehen, als Toter ging er zu den Fischen.

Julius wurde verständigt; dieser aber hielt Zwiesprache mit dem Herrn und machte sein Inneres frei von dem Druck, der ihn niederzudrücken drohte. Er bat um ein Wort vom Herrn und um Gnade für den Verlorenen, aber in seinem Herzen blieb es stille und ruhig. Wie soll ich es Naeme sagen? Soll ich es verschweigen? Er wurde nicht fertig mit den Gedanken, und so blieb ihm die Reise nach Tyrus eine Qual.

XI. Ausklang

Endlich waren sie an der Küste von Tyrus. Schon von weitem sahen sie die Menschen, die sie erwarteten. In festliche Gewänder war alles auf den Beinen. Das Flaggschiff wurde als erstes von den Ruderkähnen eingeholt und an die Abladerampe gezogen. An Deck wurden die Mannschaften geordnet, und geschlossen gingen sie vom Schiff an den freien Hafenplatz, wo die festlich geschmückte Menge ihre heimkehrenden Soldaten mit Jubel begrüßten, den Tyrus noch nicht erlebt hatte. Es galt ja, die Sieger zu ehren!

Bald war die Zeremonie vorbei, und den Mannschaften wurde frei gegeben. Julius suchte seinen Vater und Naeme. Naeme sah schon lange ihren Julius, da endlich sah auch er sie, und Naeme hielt ihm ihren Sohn entgegen.

Julius umfasste beide und sprach: „Endlich, endlich habe ich dich wieder! Und du kommst und bringst mir dieses wunderbare Geschenk."

„Dein Sohn, Julius. Diese Stunde löscht alle Sehnsuchtsgedanken aus. Diese Stunde ist der Lohn allen Wartens, und nun soll alles vergessen sein, was die ganze Zeit so drückend auf mir lag. Nun komm heim! Vater wollte dir das Glück nicht schmälern, darum wartet er zu Hause auf uns."

„Ja, Naeme, nun ist dein Vater heimgekehrt. Er war ja auch bei den Feindseligkeiten. Nur wir blieben bis zur völligen Klärung in Judäa."

Vespanus umarmte seinen Sohn und sagte: „Julius, von all dem Trubel will ich nichts mehr sehen. Martha und Naeme lehrten mich etwas anderes. Ich kann nicht mehr Soldat sein, da ich in deinem Jesus eine Vollkommenheit der Liebe erkannt habe, die die Härte des Soldatenberufes nicht verträgt."

„Vater, nun ist mein Glück vollkommen! Nun gibt es nur noch ein Leben in und mit Jesus."

„Amen", sagte Martha, „nun wird auch hier Jesus zu Seinem Recht kommen, und wir wollen alles tun, um uns würdig zu machen dieser herrlichen Liebe. Damit aber dein Glück vollkommen sei, lässt dir unser herrlicher Heiland sagen:

Sei dir in allen Dingen bewusst, dass nichts, sei es auch das Geringste, ohne Meinen Willen geschieht. Deinen Kampf mit dir selbst wegen Samuel musstest du allein auskämpfen. Du hast mehr getan als deine Pflicht als Bruder. Ja, was du tatest, hat das Herz des Herrn mit Freude erfüllt. Als Vertreter Seiner Liebe hast du deine versöhnende Hand zur Bekehrung geboten, hast den Schmerz gefühlt, der in Jesu Brust genauso brannte wie in der deinen. Wer eine solche Gnade höhnisch zurückweist, muss mit den Mitteln erzogen werden, die nur in dem heiligen Ernst liegen.

Eli ist gerettet dank seiner Liebe. Für ihn ist das Tor offen. Aber Samuel hat das Tor zugeschlagen, und so kann nur die Zeit das Werk vollenden, das du in der Liebe durch die Gnade Jesu an ihm angefangen hast.

So heißt auch die ewige Liebe dich willkommen in deinem Heim! Sei allen ein Bruder, sei allen ein Vorbild in der Liebe, die als Kind aus dem Herzen Gottes leben soll und kann. Hinter allem Vergangenen vergiss das Böse und sieh vor dir das heilige Gelingen des Werkes, damit gekrönt werde der Gottessohn in dir und in denen, die du in deiner Liebe zu Seinem Eigentum machst."

Auch Julius legte den Soldatenberuf nieder und wurde ein Richter mit kommissarischen Vollmachten. Es war für ihn der Weg, den er beschritt im Geiste Jesu. Segen über Segen blühte aus seinen Handlungen, und Naeme war es, die die Not aller fühlte, denen nur die

Liebe Jesu das Rettende und Erlösende werden konnte. Jeder aber, der im Hause des Stadtrichters ein- und ausging, erlebte den Geist von Bethanien, die Liebe die für alle starb und Erlösung brachte zum Heil für alle Menschen.

ERLEBNISSE MIT JAKOBUS
auf der Reise nach Edessa

In Edessa im mesopotamischen Königreich Osrhoene, wird die Geschichte überliefert, dass König Abgarus V. von Edessa von dem berühmten Heiland Jesus und seinen Wundertaten Kunde erhielt. Da er selbst schwer erkrankt war, sandte er einen Boten an Jesus, um ihn nach Edessa einzuladen, damit dieser ihn von seiner schweren Krankheit heilen möge.

Jesus pries den König selig: „Selig bist du, der du an mich geglaubt hast, ohne mich gesehen zu haben." Da er aber nicht persönlich zu ihm kommen konnte, versprach er zu einem späteren Zeitpunkt, einen seiner Jünger zu senden.

Diese umfangreiche Erzählung handelt nun von den Erlebnissen des Jüngers Jakobus auf der Reise von Jerusalem nach Edessa zu König Abgarus.

Was der Jünger Jakobus auf dieser zweijährigen Reise durch die Heidenländer an Begegnungen, Wundern, Krankenheilungen und Zeugnissen erlebte, erfahren wir in dieser inspirierenden Erzählung, die weit mehr ist, als nur ein Roman.

580 Seiten, Paperback (21,5 x 13,5 x 4,0 cm)
Preis: 19,80 € oder als E-Book 9,99 €
ISBN 978-3-7528-7356-6
Bezug portofrei über Books on Demand Buchshop
oder über Amazon und im Buchhandel

MAX SELTMANN

Erlebnisse mit Jesus

Diese Erzählung beinhaltet Szenen aus dem Erdenleben des jungen Jesus vor dem Beginn seiner Lehrtätigkeit.
Von Jesu Kämpfen und Versuchungen und dem Unverständnis seiner Umwelt gegenüber seiner großen Mission wird in anregenden und bewegenden Episoden erzählt.

„Und Jesus nahm zu an Gnade und Weisheit vor Gott und den Menschen und blieb untertänig und gehorsam seinen Eltern, bis da Er sein Lehramt antrat." (Luk. 2,40+52)

Paperback, 94 Seiten, (19x12 cm)
Preis: 5,99 € oder als E-Book 2,99 €
ISBN 978-3-7534-0695-4
Bezug portofrei über Books on Demand Buchshop
oder über Amazon und im Buchhandel

MAX SELTMANN

Naeme

Ein Lebensschicksal
und die Führungen Gottes zurzeit der ersten Christen

Diese Erzählung handelt von den Erlebnissen einer jungen Frau, der Tochter eines jüdischen Tempelpriesters, die sich zurzeit der ersten Christen in Jerusalem zum Christentum bekehrt.

Sie erlebt das Leid der Christenverfolgung am eigenen Leibe, aber auch die Führungen Gottes und den Segen eines im Glauben und Vertrauen gegründeten Lebens, welches sie durch die Wirren der damaligen Zeit hindurchträgt.

„Selig sind, die um der Gerechtigkeit willen
verfolgt werden; denn ihrer ist das Himmelreich."
(Mt. 5,10)

Paperback, 104 Seiten, (19x12 cm)
Preis: 5,99 € oder als E-Book 2,99 €
ISBN 978-3-7534-0674-9
Bezug portofrei über Books on Demand Buchshop
oder über Amazon und im Buchhandel